Mit Rucksack los – mit Geschichten zurück!

Herausgegeben von
Carla Vollert

www.backpack-stories.de

1. Auflage 2018
Backpack Stories
Mit Rucksack los – mit Geschichten zurück!

Maybachstr. 102, 50670 Köln, Deutschland
carla@backpack-stories.de
www.backpack-stories.de

Lektorat: Silke Jankowski
Umschlaggestaltung: Kathrin Fuchsbauer
Bilder: alle Bilder dieses Buches sind privat und mit freundlicher Genehmigung der Urheber
Bildbearbeitung: Dominic Bagatzky

ISBN-13: 978-1722999377

Dieses Buch ist für alle Reisenden,
die gerne die Welt entdecken und
Geschichten erleben!

BACKPACK STORIES

VORWORT

So viele Menschen reisen täglich um unseren Globus, erleben Abenteuer und haben eine gute Zeit. Viele dieser mitreißenden Erlebnisse bleiben allerdings unerzählt.

Das möchte ich mit diesem Buch ändern.
Ich habe für dich 12 spannende Reisegeschichten gefunden und sie in diesem ersten Backpack Stories Buch zusammengebracht.

Ergänzend zu meinen Backpack Stories Events, bei denen du live dabei sein kannst, wenn die Geschichten vorgetragen werden, habe ich den Backpack Stories Podcast gestartet. Diese Geschichten kannst du überall hören und sie überall hin mitnehmen.

Weil die vorgetragenen Momente so viel guten Anklang fanden, lag es nahe, dass es auch ein Backpack Stories Buch geben wird. Hier ist es und wir wünschen dir viel Spaß mit unseren Abenteuern getreu dem Motto:

**Mit Rucksack los -
mit Geschichten zurück!**

Carla Vollert

KAPITEL 1

Die Polarnacht auf Spitzbergen: Von der Schwierigkeit mit einem Herzen an zwei Orten gleichzeitig zu sein

Von Anuschka Dinter

Home is behind - the World ahead

J.R.R. Tolkien

„Kopf hoch, Kätzchen, bald gehst du auf Reisen!“

Dieser Satz ließ mich lächeln, auch wenn er so gar nicht zu mir zu passen schien. Dass man mich zum Reisen ermuntern muss, ist definitiv nicht normal. In der Regel mache ich nichts lieber, als meinen Koffer zu packen, meine Wohnung abzuschließen und mich zum Flughafen zu begeben. Ach was, es fängt schon viel früher an: Ich liebe es, Reisen zu planen, mir die Routen auf einer Karte anzusehen, mich über mein Ziel zu informieren, mich einzulesen. Mich voll und ganz auf eine Reise einzulassen und sie mit Kopf und Herz zu genießen. Gerade, wenn es in die Arktis geht. Und meine Reise nach Spitzbergen war ein lang gehegter Traum. Nachdem ich im Sommer bereits in Grönland gewesen war, wollte ich den Norden jetzt noch einmal im Winter erleben. Ich hatte den Trip recht kurzfristig gebucht, trotzdem wäre genug Zeit gewesen, mich in Ruhe darauf vorzubereiten.

Aber manchmal, ach was, immer, kommt es anders, als man denkt. Nachdem ich und mein langjähriger Freund uns im Frühjahr getrennt hatten, konnte ich mich ganz auf meine Leidenschaft, das Reisen und den Blog, konzentrieren. Ich war weder auf der Suche, noch hatte ich das Gefühl, dass mir etwas Elementares im Leben fehlen würde. Und dann, zack, passierte es doch. Ich verliebte mich.

Eigentlich gehört mein Herz der Arktis, und das schon seit Jahren. Seit ich klein war hat sie mich gerufen. Hat mir Dinge zugeflüstert aus den Büchern von Jack London, Gary Paulsen und Jean Craighead

George. Dinge über Eis und Kälte und Hunde, Dinge von denen ich wusste, dass ich sie mit eigenen Augen sehen muss. Und das habe ich. Ich bin auf einem Schneemobil durch Winterwunderländer gefahren, mit Schneeschuhen auf tief verschneiten Pfaden gewandert, habe Rentiere gefüttert und gestreichelt, auf den Kufen eines Schlittens stehend mein eigenes Husky-Team gelenkt und – ich habe Nordlichter gesehen! Unglaubliche, fantastische, umwerfende Polarlichter! In all das habe ich mich unwiderruflich und für immer verliebt. Die Wälder des Nordens haben sich in meinem Herzen eingenistet. Und in meinem Kopf. Nirgendwo fühle ich mich so frei und ich selbst und so glücklich, wie dort oben.

Dachte ich.

Nach dem Ende meiner Beziehung war ich bereit, mich voll und ganz auf das Abenteuer Arktis einzulassen und plante mehr oder weniger meine Auswanderung. Aber dann bekam ich eine Mail. Und eine Verabredung. Und eine Nacht. Und dann noch eine und noch eine und noch eine. Und dann musste ich feststellen, dass mein Herz gar nicht mehr nur für den Norden schlug. Und deshalb bin ich meine Reise nach Spitzbergen auch mit einem lachenden und einem weinenden Auge angetreten. Ich kannte es gar nicht mehr, jemanden so zu vermissen, dass man fast pausenlos an ihn denkt. Und ehrlich gesagt machte es mir auch Angst. Ich hatte doch in den letzten Jahren meine Lektion gelernt: Dass man sich nicht über jemand anderen definieren darf, dass die eigenen Wünsche und Träume immer eine Rolle spielen sollten, dass ich auch alleine glücklich sein kann. Und trotzdem war das alles wie weggeblasen.

Ich fieberte Spitzbergen nicht so entgegen, wie ich es sonst getan hätte und noch im Flugzeug hingen meine Gedanken in Deutschland. In Oslo musste ich auf Grund meiner eigenen Verwirrtheit zweimal durch den Security-Check und marschierte erst mal ins falsche Hotel. Unglücklicherweise war ich auch nicht die einzige, die mit ihrem Kopf noch nicht ganz da war. Unserem Piloten ging es ganz ähnlich. Mit seiner Ansage kurz nach der Landung in Tromsø holte er mich im wahrsten Sinne auf den banalen Boden der Tatsachen zurück. Unser Flugzeug war kaputt. Jetzt standen wir wie bestellt und nicht abgeholt auf dem Rollfeld. Soweit ich das gebrochene und ziemlich genuschelte Englisch unseres Kapitäns verstand, würden wir wohl den fliegenden Untersatz wechseln müssen, da unsere Windschutzscheibe locker sei. Alle Passagiere blieben ganz entspannt und warteten einfach ab, nur die Durchsagen des Kapitäns wurden leicht hysterisch. Er ermahnte uns immer wieder ganz ruhig zu bleiben. Er würde sich persönlich nach einem anderen Flugzeug für uns umschauen und dieses inspizieren, aber wir bräuchten uns keine Sorgen machen, der Rest der Crew würde an Bord bleiben.

Nachdem der Kapitän das neue Flugzeug persönlich für tauglich befunden hatte, blieb Tromsø hinter mir und wir nahmen weiter Kurs gen Norden. Nach Spitzbergen, oder Svalbard, wie die Inselgruppe bei den Norwegern heißt. Hinter mir ging die Sonne unter und die Polarnacht senkte sich tiefblau über die

Maschine. Nach zwei weiteren Stunden in der Luft, setzen die Räder auf dem Rollfeld auf und ich war da. Auf dem 78. Breitengrad. So weit im Norden, wie noch nie zuvor.

Draußen lief ich gegen eine Wand aus klirrender Kälte. Und während ich auf meinen Bus wartete, merkte ich, endlich, wie sich die Aufregung in mir breitmachte. Ich war wieder da! Hier oben! Wo ich hingehöre. Die nächsten paar Tage würden nur mir und dem Norden gehören. Mein Handy würde hier oben ja wahrscheinlich eh nicht funktionieren. Und ohne Netz wäre die Verbindung nach Hause unterbrochen, all meine Gedanken würden um das Hier und Jetzt kreisen.

Dachte ich.

Die Norweger sind schon ein cleveres Völkchen. Sie wissen, dass die meisten Dinge, die an einem extremen Ort wie Spitzbergen funktionieren, es mit Sicherheit auch auf dem Festland tun. Äußerst reichweitenstarke Sendemasten zum Beispiel. Bald wird es auf der Insel 5G geben. Was zur Hölle…? Mein Handy zeigte verlässlich Internetempfang an. Und damit eine verlockende Möglichkeit, den Kontakt nach Hause zu halten.

Der Bus rumpelte über die verschneite Straße durch Longyearbyen, der Hauptstadt Spitzbergens. Er brachte mich zu Morten, meinem norwegischen Guide für die nächsten Tage. Morten hieß mich und einige andere Reisende herzlich in seiner Trapperhütte willkommen und erzählte uns viel über die Geschichte und das Leben auf Spitzbergen. Doch mein Kopf war schon wieder woanders. Nein, diesmal nicht zu Hause, sondern nur ein paar Meter weiter. Im Dogyard. Denn neben der Hütte befand sich der Kennel mit den etwa 100 Schlittenhunden. Ich konnte es kaum erwarten, bis wir endlich rausgingen, um sie kennenzulernen. Glücklicherweise waren sie genauso erfreut wie ich und warfen sich in meine Arme. Noch so ein Desaster wie in Grönland hätte ich auch nicht überstanden. Die dort gehaltenen Thule-Hunde sind sehr viel wilder und gefährlicher und man sollte sie tunlichst nicht streicheln, wenn einem die eigenen Finger lieb sind. Als absolute Tiernärrin hatte ich tatsächlich überlegt, ob man denn wirklich fünf an jeder Hand braucht. Auf Spitzbergen bestand diese Gefahr nun nicht und mit einem Blick in eisblaue Huskyaugen fühlte ich wieder, wie sich der Norden ein Stück meines Herzens zurückholte.

Zurück in der Trapperhütte bekamen wir Rentierstew serviert und ich musste Morten gestehen, dass ich Vegetarierin bin. Er nickte verständnisvoll, ich bin mir aber nicht ganz sicher, ob er das Konzept wirklich verstanden hat. Denn in dem anderen Eintopf, den er mir kurz danach hinstellte, schwamm doch etwas, das verdächtig nach Speck aussah. Nun gut, man will ja nicht so sein. Das Gespräch drehte sich um Spitzbergen und seine bewegte Geschichte. Erst seit dem Svalbard-Vertrag von 1925 gehört die Inselgruppe offiziell zu Norwegen. Der Vertrag hat eine Laufzeit von 100 Jahren, 2025 werden die Karten neu gemischt. Viele Nationen haben Interesse, schließlich gibt es hier Bodenschätze und man kann ganz wunderbar Langstreckenraketen von hier abfeuern. Um Spitzbergen zu halten, bemüht sich Norwegen den Großteil der Bevölkerung zu stellen. Einheimische gibt es hier nicht. Alle Einwohner sind zugewandert und verdienen sich ihren Lebensunterhalt bei einem der drei großen Arbeitgeber der Insel: der Wissenschaft, den Minen oder dem Tourismus. Alles nicht die arbeitnehmer- und familienfreundlichsten Arbeitsfelder, so dass Norwegen erhebliche Nachwuchsprobleme auf Spitzbergen hat. Obwohl ein spannendes Thema, fielen mir irgendwann die Augen zu. Die Anreise forderte ihren Tribut.

Die Nacht verbrachte ich in einer großen Holzhütte mit Kamin, Expeditionsschlafsack und Rentierfellen. Ich muss gestehen, dass ich schon etwas skeptisch war, als Morten mich zu einer klapprigen Holztür führte, die eine Scheune dahinter vermuten ließ. Hinter zwei weiteren Toren verbarg sich dann aber ein Raum mit nordischem Charme. Und verdammt viel Platz. Platz für locker 15 Personen. Und ich würde ganz alleine hier schlafen. Erst freute ich mich über diesen überraschenden Überfluss an Privatsphäre, dann dämmerte mir, welche Temperatur in der Hütte herrschte und dass es doch einen Unterschied machte, ob sich darin 15 Körper oder nur einer befanden. Und ich fragte mich, wie es sein könnte, wenn ich nicht alleine hier ware, wenn ich solche Reisen in Zukunft vielleicht mit jemandem teilen könnte. Vor allem die Begeisterung dafür. Ich muss sagen, der Gedanke wärmte mich innerlich schon etwas. Trotzdem wurde ich in der Nacht dreimal wegen der Kälte wach. Die Temperatur fiel unter 0 Grad. Ich quälte mich aus dem Schlafsack, um das Feuer neu zu entfachen und hatte dies auch nach wenigen Minuten geschafft. Stolz kroch ich wieder in die Daunen. Nach dem dritten Mal wurde mir aber klar, dass meine hervorragenden Feuermacherqualitäten wohl eher dem ordentlichen Durchzug des Kamins zuzuschreiben waren.

In den frühen Morgenstunden klingelte mein Handywecker – eine technische Absurdität in dieser rustikalen Umgebung. Bei einem gemütlichen Frühstück erklärte mir Morten, welche Hunde in meinem Schlittenteam sein würden. Es schmeichelte mir schon ein bisschen, dass er mir auf Grund meiner bereits vorhandenen Erfahrung den zweiten Guide-Schlitten und ein schwierigeres Team anvertrauen wollte. Ich würde mit einem der Gäste fahren, die um neun eintrafen. Unser Team würde aus sechs Hunden bestehen.

Die anderen Gäste kamen und wieder einmal bewies sich: Kleider machen Leute. Neben Morten war ich die einzige, die nicht in einen Overall des Veranstalters gewurstet worden war, und so nahm man ganz selbstverständlich an, ich sei ebenfalls Guide. Der Arktis-Teil meines Herzens machte einen kleinen Hüpfer vor Freude. Wir begannen, unsere Teams anzuschirren und ich war glücklich, endlich wieder selbst mit Hand anlegen zu dürfen. Endlich wieder Hunde in Harness bringen, endlich wieder Hunde über gefrorenen Boden schleifen und sich von ihnen fast zerreißen lassen, während man versucht sie einzuspannen. Die Handgriffe saßen noch aus meiner Zeit als Trainerin in Finnland. Und ich hatte sie vermisst. Wieder ließ ich ein Stück Zuhause hinter mir und überließ dem Norden im Gegenzug ein Stück von mir.

Unser Schlitten sollte die Nachhut bilden. Bis wir den Dogyard verlassen konnten, hatte es einer der Huskys geschafft, sein Geschirr durchzubeißen. Nun gut, ein bisschen Schwund ist immer, es blieb keine Zeit ihn zu ersetzen und er wurde wieder zu seiner Hütte verfrachtet. Selber schuld. Denn mittlerweile kochte das Adrenalin nicht nur in den Adern der Hunde, sondern auch in meinen und ich brannte darauf, von der Bremse zu steigen. Als unsere beiden Anker gezogen waren ging es endlich los in die absolute Dunkelheit Svalbards.

Auf Spitzbergen steigt die Sonne im Dezember nie höher als bis auf 12 Grad unter der Horizontlinie. Das heißt, dass nicht einmal Dämmerlicht aufkommt. Die Polarnacht ist hier allumfassend. Und durch dieses tiefe Schwarz rauschten wir mit unseren Schlitten. Ich verlagerte das Gewicht, um ihn um die Kurven zu kicken. Schneefall setze ein und die Flocken tanzten geisterhaft im Licht unserer Stirnlampen. Es herrschte Stille, nur das Gleiten der Kufen über den Schnee, das Geklimper der Geschirre und der Atem der Hunde waren zu hören. Ich holte tief Luft und saugte den Norden in mich auf. Morten fuhr den ersten Schlitten und als er abbog, erhaschte ich einen Blick auf ihn, der sich tief in mein Gedächtnis einbrannte. Im Scheinwerferlicht seiner extrem hellen Stirnlampe konnte man nur sein Gespann sehen, das sich durch den Schnee kämpfte. Weißes Nichts und darin sieben Hunde und ein Mann, die sich gegen die Natur behaupteten. Die

Gänsehaut, die mich überlief, hielt den Rest des Tages an.

Das moderne Zeitalter ist Segen und Fluch zugleich und gerade im Norden empfinde ich es eher als Letzteres. Trotzdem kann ich mich seiner Anziehungskraft nicht erwehren. Nach meiner ersten Nacht im Basecamp in Longyearbyen wünschte ich mein Handy trotzdem zum Teufel. Missverständnisse entstehen so leicht und sind so schwer wieder auszuräumen. Wie kam es, dass mein Leben plötzlich so kompliziert war? Herrgott, ich hatte mich doch eigentlich gerade darauf eingestellt Single zu sein und meinen Traum vom Leben in der Arktis zu verwirklichen. Und jetzt war ich hier, in der Arktis, meinem liebsten Platz auf der ganzen Welt, und ließ mir von einem blöden Gerät und der noch blöderen, darüber geführten Kommunikation die Laune verderben. Aber was hilft gegen schlechte Laune? Richtig, mit 100 Sachen auf einer bockigen Maschine durch die Landschaft zu brettern.

Nach einer Gletscherwanderung ging es daher direkt zur Schneemobiltour. Andreas, mein Guide, stammt aus Wien, so dass wir uns auf Deutsch unterhalten konnten. Während er die anderen Teilnehmer im Equipment-Raum mit warmer Kleidung ausstattete, wartete ich mit meinen eigenen arktistauglichen Sachen draußen. Nach ein paar Minuten ging die Tür auf und Andreas drückte mir zwinkernd eine Leine in die Hand. „Passt du kurz auf sie auf?" Am anderen Ende der Leine tobte ein Huskywelpe. Ihr Name ist Midi und bald wird sie ihr Herrchen auf ausgedehnte Skiwanderungen begleiten. Als ich mich neben ihr auf die Knie gleiten ließ und sie mir vertrauensvoll ihren Kopf entgegenstreckte, war aller Ärger vergessen.

Als die Gruppe endlich fertig eingepackt war, bestiegen wir die Schneemobile. Auch hier bildete ich, auf Grund meiner Vorerfahrung, die Nachhut. Andreas überprüfte noch einmal die Maschinen, legte an meiner einen Schalter um, grinste mich an und sagte: „Viel Spaß!“ Ich ahnte, was er getan hatte und es war mir nur Recht. Normalerweise fahren die Schneemobile im Eco-Mode, das heißt, sie sind gedrosselt und laufen verbrauchsarm. Andreas hatte meine Maschine in den Sport-Modus geschaltet und das reizte ich aus. Ich machte den gleichen Blödsinn wie in Finnland, ließ mich hinter die Gruppe zurückfallen und jagte dann in halsbrecherischem Tempo hinterher. Die Maschine ruckte heftig und ich war froh, dass ich mich gut genug auskannte, um nicht herunter zu fallen. Wie bei so vielen Dingen hat man hier am meisten Kontrolle, wenn man nicht krampfhaft darauf besteht, das heißt, man muss dem Lenker und den Kufen Spiel lassen und das ganze Geeier mit der Hüfte abfangen. Dann fahren die Mobile wie auf Schienen.

Schade nur, dass ich nicht wirklich die Landschaft bestaunen konnte, denn dafür war es einfach zu dunkel. Trotzdem genoss ich die Fahrt, das Driften über das Eis und das Gefühl der Freiheit, das bei mir bei hohen Geschwindigkeiten ganz schnell aufkommt. Viel zu schnell war alles vorbei und Andreas brachte mich zurück zum Basecamp. Bevor ich aussteigen konnte, hielt er mich zurück. „Magst du heute Abend noch was mit mir trinken gehen?“ Kurz überlegte ich, ob das irgendwie falsch wäre. Aber auch wenn man es nicht glauben mag, ich hatte das Gefühl, dass er sich einfach nur mit mir unterhalten wollte und deswegen willigte ich ein.

Um 10 Uhr saß ich dann ein bisschen nervös in einem kleinen Pub in Longyearbyen. Als ich gerade an meinem Softdrink nippte, kam Andreas zur Tür herein, sah mein Getränk und brach in Lachen aus. „Weißt du, dass wir hier eine eigene Brauerei haben? Warte, ich hol dir ein Bier!“ Er kam mit zwei gefüllten Gläsern zurück, setzte sich zu mir und dann erzählte er. Von der Arktis, seiner Entscheidung hier hoch zu kommen, dem Leben auf Spitzbergen, den Arbeitsbedingungen, den Wohnverhältnissen, den Eisbären, den Polarlichtern. Von den Nächten in der Hängematte in der Gletscherhöhle und seinen Plänen. Ich wurde das Gefühl nicht los, dass ich dem Teufel gegenübersaß, der mir bei Starkbier einen Handel anbot. Aber er wollte nicht meine Seele, er wollte mein Herz. Nicht für sich selbst, sondern für den Norden. Und noch vor ein paar Monaten hätte ich es ihm freudestrahlend überschrieben. Aber jetzt gehörte es nicht mehr der Arktis allein.

Als wir uns verabschiedeten sagte Andreas etwas, was mich noch lange beschäftigen wird: „Weißt du, ich musste dich für heute Abend einladen und dir all das sagen. Ich habe es in deinen Augen gesehen. Das Arktis-Fieber. Du musstest das alles wissen. Und vielleicht folgst du ja irgendwann deinem Herzen.“
Hier, in dieser Bar am Ende der Welt, kam ich endlich an. Und musste doch am nächsten Morgen wieder in ein Flugzeug steigen. Und ich wollte auch nach

Hause. Es war der richtige Ort, aber nicht die richtige Zeit. Und trotzdem glaube ich, dass ich irgendwann wiederkomme. Und bleibe. Und dann weiß ich, wo ich hingehöre.

Anuschka Dinter liebt den Norden. Vielleicht war das bei ihrem Namen auch Schicksal. Sie selbst hat ihre Liebe zur Arktis 2013 in Lappland entdeckt. Seitdem reist sie bevorzugt in polare Gefilde wie Finnland, Grönland oder Spitzbergen. Ob Schneemobil fahren, Eisberge erkunden oder Schlittenhunde trainieren – Hauptsache es gibt Schnee und Eis und Kälte! Aber auch Afrika, Amerika und Europa kommen nicht zu kurz auf ihrem 2014 gegründeten Blog *Rosas Reisen*. Bei Rosa handelt es sich um ein großes Kuscheltiernilpferd, das Anuschka auf ihren Reisen begleitet, wenn der Koffer oder Rucksack es zulässt.

www.rosasreisen.de

KAPITEL 2

Allein unter Berbern: Das Abenteuer Marokko in einem Grand Taxi mit schwitzenden Muttis und Nüssen als Eisbrecher

Von Carolin Frühauf

„Reisen ist das Entdecken, dass alle Unrecht haben mit dem, was sie über andere Länder denken."

Aldous Huxley

„Ich war verliebt in ein Mädchen aus dem Dorf, aber mein Vater meinte, sie sei nicht gut genug und wählte eine andere für mich aus."

„Lebt sie noch in deinem Dorf?"

„Ja, das tut sie. Wenn ich sie sehe, bin ich traurig."

Hassan schnipst gedankenverloren seine Zigarette weg. Wir sitzen auf einem steilen Hang unter einem Olivenbaum. Der Boden ist beigebraun, gespickt mit grauen Schieferplatten und grün leuchtenden Dornenbüschen.

Unter uns ist das Dorf, in dem Hassan lebt. Man sieht Frauen auf den Feldern das Unkraut mit einer Handsense jäten. Auf dem Acker nebenan treibt Najib, Hassans Nachbar, seinen Esel Amelie an. Wir befinden uns auf 2500 Metern, inmitten des Hohen Atlas. Kein Internet, kein Handynetz, keine Zeitschriften, Reklamen oder Einkaufsmöglichkeiten. Das Dorf Zawyat Oulmzi liegt am Ende des Tals Ait Bougmez, eine Tagesreise von Marrakesch entfernt.

Hassan hat sieben Kinder. Der kleinste, Mohammed, ist drei Jahre alt. Nachdem er mir anfangs einmal beherzt ins Gesicht geniest hat, als ich versucht habe mit ihm zu spielen, und ich ihm dann den grünen Rotz aus dem Gesicht gewischt habe, fällt er mir jedes Mal in die Arme, wenn wir uns sehen. Ich bin erst ein paar Tage hier, aber es fühlt sich an wie eine halbe Ewigkeit.

Von Marrakesch aus habe ich, ein paar Tage zuvor, ein Grand Taxi nach Azilal genommen.

Die Momente auf Reisen, in denen man von einem Ort zum anderen fährt, sind doch meist die aufregendsten.

Nicht umsonst heißt es: Der Weg ist das Ziel. Das Grand Taxi ist eine Mercedes E-Klasse aus den 1980er Jahren, die jedes Oldtimerliebhaberherz höher schlagen lässt. Bei näherem Betrachten jedoch droht auch diesem Herz ein Infarkt, denn der Zustand des alten Mercedes ist alles andere als TÜV-geprüft. Vor der Fahrt wird erst mal der einzig übrige Fensterhebel rumgereicht. Mein Fenster ist leider nicht einmal damit zu öffnen und so schwitze ich mit drei korpulenten Muttis hinten auf der Rückbank. Vorne liegen sich drei Männer unfreiwillig in den Armen. Es kann losgehen. Die Frau neben mir bietet mir Nüsse an. Das Eis ist gebrochen. Wir unterhalten uns angeregt auf Spanisch. Das einzige Problem: Ich spreche kein Spanisch. Egal, irgendwie klappt‘s und zum Abschied bekomme ich einen Kuss auf die Wange.

Angekommen in Azilal soll ich in einem Restaurant auf jemanden warten, der mich abholt. Ich weiß jedoch weder den Namen, noch Alter und Geschlecht. In Marokko als Ausländer irgendwo wartend zu stehen ist wenig empfehlenswert. Alle paar Minuten kommt ein geschäftstüchtiger Marokkaner und möchte mir seine Dienste als Hotelier, Gastronomon, Chauffeur oder Guide anbieten. Am besten alles gleichzeitig. Wer davon jetzt derjenige ist, der mich tatsächlich abholen soll, ist schwer zu erahnen. Und so stehe ich irgendwann mit drei, auf mich einredenden und untereinander diskutierenden Marokkanern am Straßenrand, bis der kleine Said kommt. Ein schüchterner Junge, der meinen Namen sagt und dem ich daraufhin tief vertrauend folge. Wir gehen zum Taxistand und warten. Drei Stunden steht Said treu neben mir. Er spricht kein Französisch und so wende ich die Nuss-Anbiet-Technik an, um das Eis zu brechen. Als das nicht ganz funktioniert, setze ich mich auf den sandigen Boden und zeichne. Schnell stellt sich Mohammed mit einem anderen Jungen hinter mich und schaut gebannt zu, wie ich eine Frau male, so wie ich mir die Berberfrauen in dem Dorf, in dem er wohl aufgewachsen ist, vorstelle. Mandelförmige Augen, ein Tuch um den Kopf mit Mustern und kleinen Metallplättchen, die bei jeder Bewegung vor sich hin klingeln. Die typischen Berber-Tattoos auf Kinn und Stirn und schwerer Ohrschmuck vollenden ihr Gesicht.

Plötzlich geht alles ganz schnell. Sechs Leute sind zusammen und die Fahrt kann beginnen. Hinten sitze ich mit drei jungen Männern. Wer den Rücken zuerst hinten an der Lehne hat, hat gewonnen. Einer muss immer nach vorne gebeugt sitzen. In diesem Fall ich. Der Typ neben mir streckt beide Arme auf den Lehnen aus. Und so sitzen wir dort hinten wie auf einem Familienfoto. Ich schaue in seine Achsel, dann in sein Gesicht. Er zeigt auf seine Achselhöhle und versucht mir zu erklären, dass ich meinen Kopf dort ablegen kann. Ich lehne dankend ab.

Wir fahren höher und höher. Auf den steilen Schotterhängen stehen tapfer ein paar Bäumchen. Rechts neben mir geht es steile Hänge hinab und ich hoffe bei jedem Ruckeln und Stolpern des Autos, dass meine Tür nicht aufspringt. Plötzlich halten wir an. Alle kraxeln in ihren ausgelatschten Schlappen und den luftig im Wind wehenden Djellabas (dem traditionellen Gewand mit Kapuze) einen steilen Berg hinauf, bis zu einer Quelle. Wir trinken und es ist das beste und frischeste Wasser, was ich jemals getrunken habe. Einige Männer beten etwas abseits am Fuße eines hohen Berges. Wir haben seit Kilometern kein Dorf passiert. Hier ist nichts. Nur eine Stromleitung. Immerhin. Irgendwann geht es weiter. Als ich mein Notizbuch während der Fahrt zwischen unseren staubigen Beinen rauskrame, nimmt der Familienfoto-Typ mir sanft meinen Stift aus der Hand und schreibt seine Telefonnummer und seinen Namen hinein.

Als Vegetarier hat man es auf Reisen nicht leicht.

In Zawyat Oulmzi werde ich herzlich empfangen. Heute gibt es gegrillte Schafsleber und Schafsspeck. Ich bin zu Gast im Dorf. Ich werde dort für zwei Wochen leben, in einer Herberge mithelfen und mit Hassans Familie leben. Ich muss das essen, sage ich mir und ich esse und es schmeckt nicht schlecht. Aber in einer ruhigen Minute erkläre ich Hassan, der als einziger Französisch spricht, dass sie mir kein Fleisch mehr anbieten müssten und dass ich es nicht böse meine.

Ich verstehe kein Wort, kann aber gar nicht aufhören, gebannt den Gesprächen zu lauschen. Die Sprache hört sich rhythmisch und beruhigend an. Anhand der Mimik und Gestik verstehe ich manchmal, worum es geht. Ich werde nie müde beim Zuhören und schweife nicht ab, was normalerweise immer der Fall ist bei Sprachen, die ich nicht verstehe. Ich höre ab und zu meinen Namen, manchmal nimmt jemand meine Hand oder reicht mir ein Stück Brot. Dann erklärt Hassan mir etwas auf Französisch. Ich fühle mich direkt zugehörig und mir ist alles sehr vertraut, obwohl diese Kultur die wohl andersartigste ist, die ich bisher erlebt habe. Anis sagt, ich sehe einem Mädchen aus dem Nachbardorf ähnlich und wenn ich ein Kopftuch tragen würde und mir die Augenbrauen nicht mehr zupfen würde, könnte ich hier locker untertauchen.

Am nächsten Morgen werde ich von Hassan bei den Frauen abgeliefert. Sie weben gerade an einem Teppich, der auf einer abenteuerlichen Holzkonstruktion aufgespannt ist. Zum Spannen des Webstuhls stehen zwei Frauen und die Oma auf einer Seite und springen auf und ab. Wie viele Frauen an diesem Teppich beteiligt sind, ist mir bis heute nicht klar, denn immer wieder kommen und gehen Verwandte, Töchter, Omas und Nachbarinnen und helfen mit. Bei der Arbeit wird gequatscht, später zusammen gekocht und gegessen und dann gemeinsam Mittagsschlaf gehalten.

Der Raum, in dem sich die Frauen fast den ganzen Tag aufhalten, ist karg und unverputzt, zwei kleine vergitterte Fensterchen geben den Blick auf die Felder frei. Alle Aktivitäten finden ausschließlich im Hocken oder auf dem Boden sitzend statt. Möbel gibt es keine. Mein Rücken und meine Knie schmerzen und ich schneide mir den Finger an dem feinen Garn, als ich versuche beim Teppichknüpfen mitzuhelfen. Die kontaktfreudige Madiha singt vor sich hin. Ganz klar und fein, mit einer perfekten Stimme, singt sie in der angenehm, kraftvoll klingenden Berbersprache und plötzlich habe ich eine Idee. Ich hole mein Handy, denn am Abend vorher habe ich die Männer in der Herberge beim Musikmachen aufgenommen. Wir lauschen ihrer Musik und die Frauen sind begeistert, dass sie so teilhaben können, an den Dingen, die dort oben in dieser schicken Hütte mit den Touristen stattfinden. Denn das ist nur ihren Männern vorbehalten.

Meine unfreiwillige Showeinlage

Ich gehe auf die Toilette. Als ich wiederkomme, traue ich meinen Ohren nicht: Madiha hat es irgendwie geschafft, einen weiteren Clip abzuspielen. Allerdings ist das nun meine Stimme, die ich vor Jahren mal aufgenommen hatte, als ich ‚Take me to church' von Hozier gesungen habe. Nie zuvor habe ich vor jemandem gesungen, geschweige denn, es jemandem vorgespielt. Ich will im Boden versinken, aber die Frauen achten gar nicht auf mich. Sie lauschen wie selbstverständlich meiner Stimme. Singen und Musik ist ein großer Teil der Berberkultur. Jeden Abend werden die mit Kuhhaut bespannten Trommeln über dem Gasherd erhitzt. Frauen und Männer singen sich zu, sie wechseln sich ab und antworten sich. Die Lieder handeln von Liebe, Herzschmerz und Tod. Davon, wie schön das Leben ist und dass man es genießen muss. Und davon, dass die Liebe der

Schlüssel zum Glück ist.

Hochzeitsglocken läuten wohl diesmal nicht. Dafür vielleicht Hochzeitstrommeln.

Abends essen wir bei Madihas Familie. Ich darf bei den Männern sitzen. Wir hocken auf dem Boden und Madiha bedient uns und wäscht uns die Hände. Es fühlt sich seltsam an, von meiner neu gewonnenen Freundin so bedient zu werden, aber jegliches Anbieten von Hilfe wird abschätzig abgewehrt. Lhassan, einer von Madihas Brüdern, trägt einen gelben Turban auf die typische Berberart um seinen Kopf gewickelt. Er ist braun gebrannt, hat schwarz glänzende Augen und zarte Gesichtszüge. Seine Haut strahlt durch das Gelb des Turbans noch mehr. Hassan sagt mir, dass Lhassan gefragt habe, ob ich verheiratet sei. Ich stelle mir mein Leben vor, hier in den Bergen Marokkos mit Lhassan. Er ist Schäfer und verbringt die meiste Zeit hoch oben im Gebirge mit seinen Schafsherden. Er trägt Trekkingschuhe, hat ein Handy und eine warme Wolldjellaba. Er ist 27 und will ab kommendem Jahr nach einer Frau suchen. Diese wird im Dorf mit Lhassans Familie leben. Er wird nur alle paar Monate da sein. Ansonsten lebt er allein mit seiner Schafsherde in Steinhütten unter dem vollgestopften Sternenhimmel. Eine romantische Vorstellung, aber auch sehr einsam. Ich stelle mir vor, wie ich meine Eltern anrufe und sage, dass ich Lhassan geheiratet habe und er zu Besuch mit nach Deutschland kommt. Stelle mir vor, wie dieser Mann, der hier in dem kleinen Fleck Erde so viel Achtung erfährt, bei uns am Küchentisch sitzt und die Sprache nicht versteht. Noch nie U-Bahn gefahren ist. Noch nie an einem Tisch mit Stühlen gesessen hat und noch nie durch Straßen gelaufen ist, mit Leuten, die er nicht kennt und nicht grüßen kann. Vielleicht würde er einen Anzug anprobieren. Aber seinen Turban würde er aufbehalten wollen. Den gelben, der durch den dunkelblauen Anzug noch mehr strahlen würde. Sein Gesicht erinnert mich an einen saudi-arabischen Prinzen, seine Ausstrahlung hat etwas Warmes und Besonnenes.

Ich werde aus meinem Tagtraum aufgescheucht, als Hassan mit einem Stück wabbeligem Fleisch vor meiner Nase herumwedelt. Ich lehne dankend ab. Lhassan ist etwas verärgert. Ich bitte Hassan zu erklären und Lhassan nickt, aber nachvollziehen kann er es nicht. Hassan sagt mir später, dass er nur einen Witz gemacht habe und Lhassan mich gar nicht heiraten wolle. Schade.

Am nächsten Morgen helfe ich wieder beim Teppichknüpfen und danach gehen wir los, aber ich weiß nicht, wohin. Ich habe den ganzen Tag noch nichts getrunken, weil der Jüngste krank ist, aber alle nur aus einem gemeinsamen Wasserbecher trinken. Wir stehen plötzlich auf einem kleinen Acker mit Apfelbäumen. Das Unkraut muss gejätet werden. Die Sonne knallt unerbittlich.

Die Arbeit, die wir dann machen, ist tatsächlich das Anstrengendste, was ich jemals in meinem Leben gemacht habe.

Im Hocken und im Entengang entfernen wir mit einer stumpfen Sense Büschel von Unkraut. Hassans

Frau Aisha hat schon die doppelte Menge, die ich gejätet habe, und trägt den kleinen Mohammed in einem Tuch auf dem Rücken. Weiter hinten arbeitet Hassans Mutter, die über 70 ist, genauso flink und energisch. Ich habe Durst und schwitze wie ein Bulle. Mein Rücken schmerzt, meine Knie tun weh und meine Hand ist aufgeraut vom Holzgriff der Sense. Ich habe Durst und mir ist schwindelig. Was bin ich nur für eine Weichflöte. Diese Frauen machen das jeden verdammten Tag. Die eine hat ein Kind auf dem Buckel und die andere ist so alt wie meine Oma und hüpft wie ein junges Reh über die Bäche zwischen den Feldern – und ich kann nicht mehr.

Beschämt stapfe ich durch die Felder, um mir oben in der Herberge eine Wasserflasche zu besorgen. Mir kommen Frauen beladen mit Büscheln von Unkraut auf dem Rücken entgegen. Schwerfällig springen sie über die Bäche zwischen den Feldern. Nach vorne gebeugt wie Greise. Wer sich einen Esel leisten kann, muss nicht mehr selbst tragen. Im Dorf sitzen ein paar Männer im Schatten eines Baumes und einer schenkt den anderen schwungvoll Tee ein. Das sieht weitaus entspannter aus.

Grüne Kekse und vom Durchfall verschont

Abends sind wir wieder bei Hassans Nachbar Najib zum Essen eingeladen. Am Eingang werde ich wie üblich bei den Frauen in der düsteren, aber durch Heiterkeit und Lachen aufgeladenen, Küche abgeliefert. Keine spricht Französisch. Wir versuchen uns mit Händen und Füßen zu verständigen. Die

Frauen haben Targine und Couscous gekocht. Als alles fertig ist, bringen sie die großen, prall gefüllten Tongefäße rüber in den schicken Speisesaal zu den Männern. Nach 15 Minuten bringt der Hausherr die halb leergegessenen Targines rüber. Die Reste sind für die Frauen, die sich hungrig mit dem weißen Brot als Besteck, auf die zerkochten Kartoffeln, Möhren, Zwiebeln und abgelutschten Stücke Fleisch stürzen. Eine Frau entdeckt noch ein Stück Hühnerbrust und drückt es ihrem kleinen Sohn in die Hand, der es mir bringen soll. Er ist schüchtern und wirft mir das Stück Fleisch hin. Es landet wie in Zeitlupe auf dem staubigen Boden. Ich gucke vorsichtig den Jungen an, das edle Stück Tier auf dem Boden, dann die Frauen, die mich lächelnd und erwartungsvoll anblicken. Ich hebe das Stück auf und stecke es mir rasch in den Mund und bete inständig, morgen keinen Durchfall zu bckommen. Ich sollte verschont bleiben. Inschallah: So Gott will.

Madiha weicht auch an diesem Abend nicht von meiner Seite und will mir später bei sich zu Hause noch etwas zeigen. Ich gehe mit in ihr Zimmer, in dem sie mit ihrer Mutter auf dem Boden schläft. Sie schließt die Tür hinter sich und kramt in ihrer Handtasche herum. Sie holt zwei Butterkekse mit einer grünen Füllung und einen Joghurt heraus und tunkt den Keks in den Joghurt, dessen Verfallsdatum schon einige Monate zurückliegt. Abgehärtet von dem Stück Fleisch vom Boden mache ich es ihr nach und so sitzen wir in diesem kahlen, nach asiatischen Billigprodukten riechenden Raum, beschienen von einer grellen Lampe, und essen grüne Kekse mit Joghurt. Quality Time in einem Berberdorf. Das ist ein absoluter Luxusmoment für Madiha, wenn sie mal nicht die Männer des Hauses bedienen muss, Brot backen, putzen oder auf dem Feld arbeiten muss. Madiha verdient kein Geld. Die meisten aus dem Dorf sind Selbstversorger. Aber ein Mal hat sie einen Teppich verkauft. Von dem Geld kauft sie sich wahrscheinlich manchmal Kekse und Joghurt. Madiha ist 33 und nicht verheiratet. Sie wird auch nicht mehr heiraten. Denn nach 25 ist es für die Frauen vorbei. Sie werden in den Bergdörfern keinen Mann mehr finden. Madiha ist außerdem sehr dünn und hat einen dunklen Teint. All das, was bei uns als Schönheitsideal gilt, hat es ihr schwer gemacht, einen passenden Mann zu finden. Sie macht immer wieder Witze, ob ich ihr nicht etwas von meinem Hüftspeck abzwacken könne. Wie gerne ich würde.

Verschlafen auf dem Zwiebellaster

Am Tag vor meiner Abfahrt geht es zum Markt, dem Suq, im 1,5 Stunden entfernten Ort Tabant. Morgens fährt ein Sammeltaxi pünktlich um 6:00. Hassan hat aber verschlafen und das Taxi ist schon weg und so laufen wir um 6:30 durch das Tal und hoffen, dass jemand an uns vorbei fährt, der uns mitnehmen kann. Da, plötzlich, unsere Rettung. Ein Pickup. Wir springen hinten auf die Ladefläche und finden uns inmitten von muffenden Zwiebeln, die über den Winter in Erdlöchern gelagert wurden, wieder. Um die nächste Ecke steigt ein Junge ein.

„Na, verschlafen?“, fragt Hassan.

„Ja, du auch?“

Hassan nickt. Die beiden sind nicht die Einzigen, die an diesem Morgen verschlafen haben. Irgendwann zähle ich auf dem Pickup 16 Männer und eine Frau. Mich. Ein Mann bietet mir seinen Pulli an, auf dem Truck ist es ziemlich kühl. Wir werden von der Polizei angehalten, denn man darf niemanden auf der Ladefläche transportieren. 200 Dirhams fürs „Mittagsessen" stellen den Gesetzeshüter zufrieden und so geht es weiter. Wir rattern an Hügeln vorbei, die in sanftes, orangenes Licht getaucht sind. Die Kapuze der Djellaba des Mannes mit nur noch einem Schneidezahn bläht sich im Wind auf. Er umklammert fest seinen Sohn, der vor Kälte schlottert. Wir werden in eine Staubwolke gehüllt, als uns ein anderer Truck überholt. In der Ferne sehe ich den Morgendunst in den angrenzenden Tälern, Kinder schleppen ihre Hocker in die Schule und winken uns zu. Frauen kommen auf Eseln geritten von den Feldern, auf denen sie in der Kühle der Nacht gearbeitet haben.

Angekommen gehen wir zu Hassans Vater. Der arbeitet als mobiler Zahnarzt und hat jeden Sonntag einen Raum gemietet, inmitten des Suqs: Eine Lehmhütte mit einem alten Autositz als Zahnarztstuhl. Im Minutentakt wird hier betäubt und mit einem ‚Klong' Zahn um Zahn gezogen. Viele Menschen auf dem Land putzen sich nicht die Zähne und so hat Hassans Frau Aisha beispielsweise nur noch beide Schneidezähne. „Wie ein Hase!" ziehen ihre Töchter sie auf. Wenn Aisha lacht, hält sie die Hand vor den Mund. Hassan will ihr bald ein Gebiss kaufen. Er ist schließlich Zahnarztsohn.

Meine Zeit in dem abgeschiedenen Berberdorf ist zu Ende. Ich hatte zwei Wochen keinen Kontakt zu meiner Familie, habe keine Horrormeldungen auf meiner BBC-App lesen können und kein einziges Wort in meiner Muttersprache gesprochen. Ich hatte viel Zeit nachzudenken über unser Leben da drüben in Europa. Europa: das Paradies in so vielen marokkanischen Köpfen. Ich habe nachgedacht über meinen Alltag daheim, geprägt von Konsum und virtueller Kommunikation. Beides hinterfrage ich schon seit längerem, doch nie sind mir Alternativen so stark gezeigt worden wie in Zawyat Oulmzi, in den Bergen Marokkos.

Ich fahre vollgepackt mit Impressionen, neuem Wissen und einem großen Wirrwarr in meinem Kopf. Nie habe ich mehr fürs Leben gelernt als dort.

Carolin Frühauf zog es nach dem Abitur und im Rahmen ihres Studiums hinaus in die große, weite Backpackwelt. Sie lebte an der Südküste Englands und in New York und hat sich nun in Berlin niedergelassen. Ihr Schwerpunkthema ist nachhaltiger Tourismus, deswegen ist es auch ihr Traum wie Pippi Langstrumpf mal auf einem fliegenden Bett in die Karibik zu fliegen. Oder in die Mongolei.

www.spencerstravelblog.com

KAPITEL 3

There is a moment when a dream is no longer a dream!

Von Marcus Breitfeld (Mogli)

“You cannot be lonely if you like the person you're alone with.”

Wayne Dyer

Am 26.04.1986 hat sich eine Nuklearkatastrophe ereignet, welche noch heute in aller Munde ist.

Für diejenigen, die es nicht mehr wissen: Das Tschernobyl Reaktorunglück in der Ukraine war damals nur als eine Simulation geplant. Doch auf Grund von schwerwiegenden Verstößen, so die heutige Meinung, explodierte der Block 4 des Kernkraftwerkes Tschernobyl. Ein Unglück, welches noch viele weitere Jahre Nachwirkungen haben würde.

Du fragst dich jetzt bestimmt, warum er mir hier denn bitte von Tschernobyl erzählt, es soll doch um eine geile Reisestory gehen. Nur um es vorweg zu nehmen, das wird es auch, keine Sorge!

Ich fange so an, da ich dich kurz durch mein Leben mitnehmen möchte.
Alles begann am 28.04.1986, in einem kleinen Städtchen namens Plauen. Damals noch ‚hinter' der Mauer gelegen, wurde ein kleiner Junge namens Marcus geboren. Zwei Tage nach der Tschernobyl-Katastrophe erblickte er das Licht dieser wundervollen Welt.

In den folgenden drei Jahren spielte er fröhlich und nichtsahnend, was das Universum so für ihn geplant hat, mit anderen Kindern und machte sich noch keine Gedanken über die Zukunft. Doch seine Eltern hatten andere Pläne. Sie wollten weg aus dem Osten, die Welt entdecken und schauen, was es außerhalb dieser Mauern noch so zu erleben gibt.

Sie stellten Anträge, um ausreisen zu dürfen, versuchten es immer wieder. Doch es gab kaum eine Chance zur damaligen Zeit. Dann kam der Moment, an dem sich alles für den kleinen Marcus ändern sollte. Die Mauer fiel und die Welt stand auf einmal offen. Eine ungewohnte Freiheit, von der der kleine Marcus nichts mitbekam. Nur die Erzählungen seiner Eltern und von Bekannten halten für ihn diese Zeit aufrecht.

Nach einer tollen Kindheit in verschiedenen Orten, mit wechselnden Begegnungen, gab es ein geregeltes Umfeld für etwa 12 Jahre. Die Schulzeit war ganz angenehm, wobei die Schule noch nie so wirklich das Coolste für den kleinen Marcus war.

Nachdem er mit 16 Jahren aus dem Elternhaus auszog, um sein freiwilliges soziales Jahr in einer Einrichtung für behinderte Menschen zu machen, veränderte sich etwas in seinem Leben. Er wurde von heute auf morgen mit Menschen konfrontiert, die seine Gedanken zum Leben veränderten. Menschen, die eine Behinderung haben, reagieren ganz anders auf ihre Mitmenschen und Situationen, sind viel offener mit ihren Gefühlen und reagieren viel klarer auf Gut oder Böse.

Nach sechs Jahren in der Arbeit mit behinderten Menschen und zwei erfolgreich abgeschlossenen Ausbildungen, sollte Marcus noch zum Bund eingezogen werden. Doch nach über sechs Jahren mit behinderten Menschen kam es für ihn nicht infrage, eine Waffe in die Hand zu nehmen. Somit entschied er sich für den Zivildienst.

Irgendwie verspürte Marcus doch langsam einen Drang in sich, den er früher so nicht gespürt hatte. Er wollte nicht mehr nach Vorgaben leben, wollte nicht mehr der Gesellschaft hinterherlaufen und das machen, was alle anderen machen. Er wollte leben. Somit entschied er sich, die Zeit des Zivildienstes im vorgegebenen Rahmen für sich so zu gestalten, wie er es wollte.

Nach Abschluss des Zivildienstes wurde es dann Zeit, diesem Drang in seiner Brust zu folgen. Einem Gefühl, welches er noch nicht so ganz für sich deuten konnte, doch es war da und Marcus merkte, dass etwas in seinem Leben im Wandel war.

Also ging er mit einem europäischen Austauschprogramm für sechs Monate nach Argentinien. Während dieser Zeit veränderte sich einiges in seinem Inneren. Wieso und weshalb gerade dort, das konnte er zu diesem Zeitpunkt noch nicht wissen. Aber eines weiß er heute: Diese Erfahrung, weit weg von zu Hause, in einem fremden Land, mit einer fremden Sprache, hat ihn zu dem Marcus gemacht, der er heute ist! Nämlich der Marcus, der gerade diese Geschichte für dich schreibt. Ich.

Ich fing an mich zu verwandeln, von einem Marcus, der sich nach außen so gegeben hat, wie die Menschen um ihn herum ihn haben wollten, zu einem Marcus, der dem heutigen Ich näherkommt. Ich ließ meine Haare wachsen, begann meinen perfekt geschnittenen Bart zu einem Dreitagebart zu wandeln und entwickelte eine Sichtweise auf mich selbst, die den Startschuss zu meinem heutigen Ich gab.

Einem Ich, welches ich liebe und welches ich sehr genieße. Einem Ich, welches nicht den gesellschaftlichen Normen hinterherrennt, sondern seinem Herzen folgt und sich nicht mehr verbiegt. Ich gehe meinen Weg, bergauf und bergab, ohne Menschen zu schaden, aber trotzdem nach meiner Vorstellung. Ich gestalte mein Leben und bin ebenso verantwortlich für all das, was ich kreiere.
Das Leben ist einfach zu kurz, um es zu vergeuden!

Ich möchte damit nicht sagen, dass ich Menschen verabscheue und lieber allein bin. Das auf keinen Fall. Ich möchte meine eigene Welt kreieren und Dinge erschaffen, mit denen ich Menschen helfen und sie motivieren kann, ihren eigenen Weg zu gehen. Jeder Mensch sollte ein erfülltes Leben haben und seine Träume erfüllen können, sollte sich frei machen von gesellschaftlichen Normen und in sich hineinhören, was sein wirklicher Sinn im Leben ist. Es gibt so viel Tolles und Atemberaubendes zu entdecken.

Dank der wundervollen Erfahrung in Argentinien, den tollen Menschen, denen ich dort begegnen durfte und von denen ich heute immer noch Menschen meine Freunde nennen darf, wuchs dieses Gefühl in mir immer mehr. Als ich zurück in Deutschland war und das Studium zur Sozialen Arbeit begann, ist mein Herz fast verrückt geworden. Dieses Gefühl in mir wollte, dass ich weitermache.

Dann kam der Moment, als ich sie erkannte – die Wanderlust.

Die Wanderlust, eine der ‚Krankheiten', wenn sie dich

einmal gepackt hat, wird sie dich nicht wieder loslassen. Sie wird dich verrückt machen, wird dich immer weitermachen lassen und dir die Welt zeigen.

Ja, es hat tatsächlich etwa ein viertel Jahrhundert gedauert, bis ich es für mich selbst erkannt und akzeptiert habe, dass ich befallen bin, von einer der wundervollsten Krankheiten.

Doch was macht man, wenn man gerade ein Studium begonnen hat und gleichzeitig erkennt, es ist die Wanderlust? Ganz klar!
Meine Entscheidung stand fest, ich ziehe das Studium durch – doch ich entscheide, wie ich es gestalte. Somit suchte ich die Rahmenbedingungen und integrierte meine Vorstellung. Schlussendlich war ich während des Studiums drei Mal im Ausland, davon zwei Mal für sechs Monate. Ich habe während meines Studiums in Spanien sowie der Karibik gelebt und eine kurze Zeit in Argentinien verbracht.

Es war geil und das nicht zu knapp. Die Wanderlust trieb mich weiter. Nach erfolgreichem Abschluss war in meinem Kopf nur eines: nine to five Job – auf gar keinen Fall! Ich muss reisen, die Gerüche und Geschichten der Welt in mich aufsaugen!

Somit kaufte ich mir ein One-Way-Ticket nach Costa Rica, Zentralamerika, und verkaufte vorher all mein Hab und Gut. Ich zog los, mit 3.500 EUR auf meinem Konto und null Ahnung, was passieren würde und wo ich enden würde. Eine wunderbare und gigantische Zeit brach für mich an. Ich traf die tollsten Menschen, erlebte wahnsinnige Partys an den traumhaftesten Stränden und lebte mein Leben, so wie ich es wollte. Ich arbeitete in Hostels für Kost und Logis, wodurch ich viel Geld sparen konnte. Alles war perfekt.

Perfekt bis zu dem Zeitpunkt, an dem ich in der Dominikanischen Republik am Strand saß, mit einer Flasche Bier in der Hand, die ich gerade mit meinem letzten Geld gekauft hatte.
Alle vertrauten Personen weit weg, ‚nur' die tollen Menschen, die ich unterwegs kennengelernt hatte. Diejenigen, die mit mir eine Zeit verbracht hatten und dann auch wieder ihren Weg gegangen sind. Ich war also allein, mit meiner Flasche Bier in der Hand und ohne Geld. Die Konten ausgesaugt bis aufs Ultimo. Der Sand zwischen meinen Zehen und das Meer in seiner wundervollen Schönheit vor mir. Gleichmäßig rauschend, kraftvoll und magisch.

Was mache ich nun, wie soll es weitergehen? Woher um Himmels Willen soll ich Geld bekommen? Meine Existenz stand auf dem Spiel. Am anderen Ende der Welt, kein Geld und auch keine Ahnung, woher ich wieder Geld bekommen könnte. Ewig weiterleben mit Arbeit für Kost und Logis? Das würde nicht lange gutgehen!

Doch dann wurde mir klar, dass ich zwei Chancen habe. Die eine ist, ich gebe auf und die andere ist, ich vertraue auf mich und meine Fähigkeiten und suche eine Lösung.

Ich entschied mich, mir selbst zu vertrauen und überlegte, was ich tun könnte, um finanziell wieder auf den Boden zu gelangen. Ich schaute mich um und sah eine Bar. All meinen Mut zusammengenommen, ging ich zu der Bar mit einem wundervollen Blick über den Strand und fragt nach einem Job als Barkeeper, ohne Erfahrungen in der Branche.

Weil das Leben es aber gut mit den Menschen meint, die positiv denken, sollte es so sein, dass der Besitzer Deutscher war. Wir verstanden uns auf Anhieb und nach einem kurzen Gespräch, in welchem ich meine Situation schilderte, sagte er zu mir: „Komm am Freitag um 18 Uhr vorbei!“

So habe ich mir ohne Erfahrung und Kenntnisse für die nächsten zwei Monate einen Job organisiert und konnte, da ich ja für Kost und Logis im Hostel arbeitete, das Geld aus der Bar ansparen, um wieder zurück nach Deutschland zu reisen. Hier war in meinen Augen die Möglichkeit höher, wieder das Konto füllen zu können, um bald wieder zu reisen.

Kaum in Deutschland, überkam mich das Gefühl, weiterziehen zu müssen. Die Vorstellung, den nasskalten Winter in Deutschland zu verbringen, hielt ich nicht aus. Es musste entweder schnell wieder ein warmes Land sein, oder eben ein richtiger Winter. Somit fing ich an, mir in der Schweiz einen Job als Barkeeper zu suchen und hatte mal wieder Glück. Zusammen mit meinem Kumpel Arjan, den ich übrigens in der Dominikanischen Republik kennenlernen durfte, wo wir fast täglich zusammen surfen konnten, verbrachte ich so fast sechs Monate in Adelboden als Barkeeper. Ich arbeitete die ganze Woche, immer nachts. Machte Party, stand aber dieses Mal hinter der Theke. Hier muss ich sagen, kam mir die Erfahrung aus der Dominikanischen Republik zugute. Das Leben meint es eben gut.

Ja, die Schweiz ist teuer, aber da ich der Barkeeper war, gab ich in der Zeit fast kein Geld aus. Während alle anderen feierten und ihr Geld für Alkohol und Spaß tauschten, hatte ich einfach so meinen Spaß und verdiente auch noch ordentlich Geld damit.

Um die lange Geschichte kurz zu machen, in beinahe sechs Monaten verdiente ich so viel, dass ich fast 10.000 EUR auf Seite hatte. Ein ordentlicher Batzen Geld, den ich noch nie zuvor auf dem Konto hatte.

Doch als Macher hatte ich mein Geld schon verplant, bevor ich es überhaupt hatte!

Ich träume viel, entwickle immer wieder neue Träume, die ich erfüllen möchte. So überlegte ich, mit Aussicht auf so viel Geld, was ich denn damit anstellen würde. Soll es gleich wieder auf Reisen gehen? Wenn ja, wohin? Oder sollte ich es lieber sparen?

Ganz ehrlich, die Entscheidung ging mir relativ leicht von der Hand. Ich entschied mich dafür, einen meiner großen Träume, den ich schon seit Jahren mit mir herumschleppte, zu erfüllen.
Aber jetzt frage ich dich, hast du schon einmal davon geträumt, mit deinem eigenen Camper-Van durch die Gegend zu fahren, den warmen Wind um deine Nase wehen zu lassen? Lagerfeuer am Strand zu machen, während die Lieder aus deinem Bus die Stimmung

untermalen? Das Ganze in einem fremden Land und mit wunderbaren und liebenswerten Menschen?

Ja? Ich auch!

Genau aus diesem Grund fing ich wie wild an zu suchen. Ein Camper-Van musste her, mein eigenes Zuhause auf Rädern sollte es werden.

Nach kurzer Zeit wurde ich fündig und mein wundervoller und treuer Begleiter Balu tauchte auf. Ein VW LT 28 aus dem Jahre 1986. Anfang der 90er ausgebaut zu einem Camper, mit Dusche, Küche und einem super gemütlichen Bett. Genau das, was ich wollte! Und das Beste: technisch in einem super Zustand.

Ganze 2.000 EUR waren übrig nach der Wintersaison in der Schweiz und nachdem ich meinen Balu gekauft hatte.

2.000 EUR sind ‚viel' Geld. Also packte ich meine Sachen in meinen Balu und fuhr los. Das grobe Ziel – die Nordlichter!

Immer gen Norden, um das Ziel schnell zu erreichen. Doch Moment, es zog mich erst einmal in Richtung Griechenland. Es war Mai 2016, der Sommer fing gerade an und die Nordlichter kann man ja nur in der dunklen Jahreszeit sehen. Also hieß es erst einmal im Vanlife ankommen und den Sommer am Strand genießen.

Es war so genial! Ich kann es dir nicht in Worten

nahebringen, dir dieses Gefühl der Freiheit nicht beschreiben.

Das Fenster war offen beim Fahren der Küstenstraße in Kroatien. ‚Surfin' U.S.A.' von den Beachboys lief in meinem Radio auf voller Lautstärke, die Frauen hatten die schönsten Beine in den kürzesten Röcken und das erfrischende Bier am Abend, als ich mit anderen Camper-Van-Leuten am Strand saß, um dem Gewitter über dem Meer zuzuschauen, lief meine Kehle herunter und rundete den Tag wohlwollend ab.

So, oder so ähnlich ging es mir in den Balkanstaaten. Ich traf immer wieder neue wundervolle Menschen, mit denen ich noch wundervollere Momente verbrachte. Lagerfeuer, Wanderungen und Geschichten. Es war magisch und ließ mich absolut entschleunigen und im Vanlife ankommen.

Doch dann kam der Moment, als 2.000 EUR doch nicht mehr genug waren. Da ich bereits vor dieser Tour einen Einblick in das Digitale Nomadentum bekommen hatte, fing ich an, mit der geringen Erfahrung die ich hatte, für verschiedene Kunden online zu arbeiten. Es lief von Anfang an gut und ich konnte so meine Ausgaben während der Tour ausgleichen.
Nach etwa sechs Monaten kehrte ich von dieser Tour zurück in die Schweiz, wo ich für etwa zwei Monate in der gleichen Bar wie im Vorjahr als Barkeeper arbeitete, um mein doch etwas augesaugtes Konto zu füllen.

Nachdem ich mein Konto wieder aufgefüllt hatte,

musste ich in die Sonne. Vitamin D fehlte meinem Körper, weshalb ich mich kurzerhand für zwei Monate Bali entschied. Surfen, Sonne und meine Kundenarbeit ausbauen, bevor es wieder auf Tour gehen sollte. So verging der Anfang des Jahres wie im Fluge.

Am 17.07.2017 startete ich dann endlich von Berlin gen Norden. Ich näherte mich dem ‚Ziel', wo ich endlich meinen Traum erfüllen würde.

Die Nordlichter.

Es ging über Polen ins Baltikum. Ich erlebte wieder einmal eine traumhafte Gastfreundschaft. Wurde eingeladen zu Familien nach Hause, durfte mit ihnen und ihren Familien einen Abend verbringen. Wir saßen am Lagerfeuer, grillten und sangen. Ein wundervoller Einblick in die baltische Kultur.

Doch dann passierte etwas Schreckliches. Ich versenkte meinen Balu in einem Seitengraben in einem Wald in Lettland und dachte, jetzt sei alles vorbei. Nicht genug Geld, um Reparaturen zahlen zu können, und noch zu weit weg vom Norden, um endlich die Nordlichter zu sehen. Dank den ‚goldenen Engeln', wie sie so schön genannt werden, hat mein Balu es wieder aus dem Graben geschafft. Nach kurzem Drunterliegen, um an allen Gestängen zu wackeln, ging es weiter in Richtung Norden. Es war glücklicherweise nichts beschädigt worden.

Der Sand, der sich jedoch von unserem kurzen Ausflug im Fahrwerk gesammelt hatte, ist teilweise noch immer da. Aber das ist ok, so gibt es immer eine Erinnerung an diesen Moment, über den ich heute glücklicherweise lachen kann.

Kaum mit der Fähre von Tallinn in Estland nach Helsinki in Finnland übergesetzt, wurde das Wetter schlechter und das Geld wieder einmal sehr knapp. Ich hatte bereits Gedanken, dass ich meine Reise abbrechen, den schnellsten Weg zurück nach Deutschland suchen und es im nächsten Jahr noch einmal versuchen würde.

Doch dann hatte ich wieder einmal Glück und bekam ein Angebot eines Kunden, welches mir über drei bis vier Monate kontinuierlich Geld auf mein Konto bringen würde. Die Hoffnung war zurück und somit entschied ich mich, doch nach Norwegen zu fahren. Genauer gesagt in die Lofoten. Sie waren schon immer ein Traum, da ich so viel Tolles von dieser Landschaft gehört hatte.

Ebenso sind die Lofoten ein wundervoller Ort, um die Nordlichter zu beobachten und ganz nebenbei gibt es dort in Unstad den Arctic Surf Spot. Ein kleines Dörfchen in einem Bergkessel, welcher offen ist gen Nordwesten. Hier bringt das europäische Nordmeer sehr kaltes Wasser, aber ab und zu ist der Swell so gut, dass es wirklich wundervolle Tubes zu sehen gibt.

Dort musste ich natürlich hin. Den Spot sichten und die Arctic Wave bestaunen. Doch leider war der Swell nicht so gut, dass die Wellen schön waren. Trotz alledem hatte ich die Chance, ein paar eisernen

Kaltwasser-Surfern zuzuschauen. Ich selbst liebe es ja, mir eine Boardshort anzuziehen, das Surfbrett zu schnappen und ab ins Meer zu springen. Aber voll eingekleidet mit Wetsuit von Kopf bis Fuß ist das schon noch mal was anderes, keine Frage.

Kommen wir aber mal zurück zu dem Thema, warum ich eigentlich in den Norden gefahren bin. Die Nordlichter, ganz richtig!

Unstad ist ein toller Ort, die Nordlichter zu beobachten. Genau aus diesem Grund verbrachte ich dort auch zwei Nächte. Hatte aber kein Glück, da immer wieder Wolken aufzogen und die Aktivitäten nur so mäßig waren.

Doch der Forecast versprach hohe Aktivität in den nächsten Tagen. Ein KP Wert von 6, bzw. 7 sollte anstehen. Der KP Wert ist ein Richtwert für die Wahrscheinlichkeit der Nordlichter. Somit versuchte ich mit der Kombination aus Aurora Forecast und dem Wetterbericht herauszufinden, wann der beste Moment wäre, um mir endlich meinen heißbegehrten Traum zu erfüllen.

Wir erinnern uns, ich bin im Jahr 2016 losgefahren, zuerst in die falsche Richtung. Ich muss aber sagen, es war genau richtig so. Diese Zeit im Süden, den Balkanländern und die Begegnungen, die ich dort gemacht habe, würde ich nicht missen wollen. Es war eine wundervolle Zeit.

Hier oben war es ein wenig schwieriger für mich. Das Wetter war lange Zeit nicht sehr gut, dadurch waren natürlich auch weniger andere Camper unterwegs. Das wiederum heißt, ich habe viel Zeit mit mir allein verbracht.

In den Lofoten angekommen, spürte ich aber, dass sich mein Traum bald erfüllen würde.

Ich beobachtete also den Forecast und das Wetter. Schließlich stellte sich heraus, dass es am Abend ein Zeitfenster von zwei Stunden geben würde, in denen die Aktivität sehr hoch und der Himmel klar sein sollte, bevor wieder dichte Wolken aufziehen würden.

Mit der Aussicht wollte ich zurück nach Unstad. Ein traumhafter Ort, um dort die Nordlichter sehen zu können, wäre einfach der Wahnsinn gewesen. Jedoch hatte ich so ein Gefühl in meinem Bauch, welches mir sagte, such dir einen anderen Ort. Also schaute ich mich um und fand ganz in der Nähe einen Ort, der landschaftlich weit offen in Richtung Norden ist. Ein wundervoller Ort direkt am Meer, Schafe liefen frei herum und die kleine Burg auf einem Hügel bot ein traumhaftes Ambiente.

Ich fühlte mich dort vom ersten Moment an geborgen und wohl.

Es war noch ein wenig Zeit bis die Dunkelheit einbrach, es war mittlerweile der 11.10.2017. Also kochte ich mir meine heißgeliebte Nudelpfanne. Gerade als ich fertig war, fiel mir wieder ein, warum ich eigentlich dort war.

Ich war hier, um mir endlich meinen Traum der

Nordlichter zu erfüllen. Dieses Naturschauspiel mit eigenen Augen zu sehen, würde wundervoll werden, ich wusste es, war neugierig und aufgeregt zugleich.

Ich stellte also meinen Teller auf Seite, öffnete die Tür meines Busses und musste erschreckt feststellen, dass der Himmel bedeckt war von Wolken, es einfach nur dunkel draußen war und der Wetterbericht mich angelogen hatte. Ich wurde sehr traurig. Heute war der Tag, die Chance war so hoch, aber es sollte wohl einfach nicht so sein. Ich schloss die Tür, putzte die Zähne und verkroch mich traurig in mein Bett. Es sollte wohl doch nichts mit den Nordlichtern werden.

Ja, so spukte es in meinem Kopf herum. Glücklicherweise war es nur ein Tagtraum und nicht die Realität. Ich öffnete also die Tür meines Busses und schaute für ein paar Sekunden in die Dunkelheit, bis sich meine Augen an die Dunkelheit gewöhnt hatten. Dann konnte ich nicht fassen was ich sah. Der Himmel war voll von grünlichen Streifen.
Sollten das die Nordlichter sein, oder doch nur Wolken? Es waren die Nordlichter in ihrer vollen Pracht, der Himmel klar und die Sterne glitzerten in voller Schönheit.

Ich war sowas von überwältigt und konnte es nicht glauben. Dies war der Moment, als mein Traum nicht länger ein Traum sein sollte! Die Gänsehaut verbreitete sich über meinen gesamten Körper und mein Adrenalin stieg ins Unermessliche. Alle, die die Nordlichter schon einmal gesehen haben, können dieses Gefühl mit Sicherheit verstehen. Für alle anderen, bitte schreibt diesen Wunsch nach ganz oben auf eure eigene Bucket-Liste.

Ich zog meine Jacke und meine Handschuhe an, denn es waren fast 0 Grad draußen, schnappte mir meine Kamera und Ersatzakkus und fing an zu fotografieren.

Währenddessen musste ich immer wieder kurz innehalten. Ich schlug meine Arme über dem Kopf zusammen und schrie laut: „Oh mein Gott, das ist der Hammer, das ist so geil! Oh krass! …“

Um dir aber einen besseren Eindruck zu geben, warum ich so euphorisch war, die Nordlichter zogen sich in einem intensiven Grün über meinen Kopf, drehten und wellten sich, bildeten Spiralen und färbten sich sogar ab und an bis ins Violette. Ein Moment, den ich nie wieder vergessen werde. Dieses Gefühl in meiner Brust und diese Magie haben mich all die Strapazen der Reise mit einem Schlag vergessen lassen.

Plötzlich war alles nur noch Schönheit. Am Himmel, in mir und um mich herum. Stell dir kurz vor, eine wunderhübsche und extrem graziöse Balletttänzerin würde vor dir tanzen und ihren Schweif in einer Harmonie hinter sich herziehen, wie du es noch nie zuvor im Leben gesehen hast. Alles stimmt, alles passt und alles ist in Harmonie und Eleganz.

Ich weiß, dass ich dir dieses Gefühl allein durch Worte nicht geben kann, doch ich hoffe du konntest diesen Moment ein wenig in dir spüren und freust dich nun darauf, wenn du endlich dieses

Naturschauspiel erleben darfst.

"There is a moment when a dream is no longer a dream!"

Findest du nicht auch, dass das Leben es wert ist, seine eigenen Träume wahr werden zu lassen? Das Leben kann so schnell vorbei sein, warum also nicht jeden einzelnen Moment in vollen Zügen genießen!?

Genau aus diesem Grund sind seit etwa 10 Jahren fremde Kulturen und das Ungewisse ein fester Bestandteil von **Moglis** Leben. Um genau zu sein, bereiste er insgesamt 42 Länder dieser Welt, lebte bisher in 5 unterschiedlichen Kulturen und entdeckte in den letzten 2 Jahren allein 26 Länder Europas mit seinem Oldtimer VW Bus ‚Balu'.

Mit *Life of Balu - Abenteuer Campervan* kreierte Mogli, nach seinem Vanlife Blog, den ersten deutschsprachigen Vanlife Podcast. Mit coolen Geschichten, tollen Interviews und allerlei Vanlife Hacks begeistert er immer mehr freiheitsliebende Menschen. **www.lifeofbalu.com**

KAPITEL 4

El Salvador – die Angst, das Sexhotel und mein Learning

Von Marlene Rybka

Der Grund warum ich blogge:
„Ich möchte Menschen zum Reisen inspirieren. Wer reist, kommt Natur, Tieren und Kulturen näher. Und was man lieb gewonnen hat, das zerstört oder tötet man nicht.“

Ich erinnere mich noch, als wäre es gestern gewesen. Irgendwann zwischen zwei und 3 Uhr in der Nacht werde ich wach, kann nicht mehr schlafen und surfe auf Facebook rum, als da plötzlich auf einer von mir geliketen Seite ein Error-Fare aufploppt. Error Fares sind Fehler von Airlines bei der Berechnung von Flügen. Es schleichen sich Systemfehler ein, die dann dazu führen, dass man oft nur ein Bruchteil des normalen Preises zahlt. In meinem Fall gab es ein Angebot für 350 EUR nach Panama, El Salvador oder Honduras. Ich kannte alle drei Länder nicht wirklich und da ich einfach nur noch schnell Sonne und meinen Resturlaub verbraten wollte, buchte ich kurzerhand mitten in der Nacht einen Flug nach El Salvador. Fröhlich poste ich noch auf FB für meine Freunde, dass ich mir soeben ein Flugschnäppchen gesichert habe und schlafe dann zufrieden ein.

Am nächsten Morgen dann das böse Erwachen! Unter meinem Post lauter Kommentare meiner Freunde mit dem O-Ton: „Sag mal spinnst du Mädel?“, „Kennst du eigentlich die Gewaltstatistik des Landes?“, „Weißt du eigentlich was da abgeht?“, „Schau mal auf der Seite vom Auswärtigen Amt, da kannst du nicht alleine hin.“ und so weiter. Mein eben noch zufriedenes Gefühl ist plötzlich einem dicken Kloß im Hals gewichen. Die Meldungen dort verheißen in der Tat nichts Gutes, um es mal schön zu formulieren. Eine der höchsten Mordraten weltweit, Drogen und Gangkriminalität und so weiter.

Ach du scheiße. Was habe ich getan? Immerhin wollte ich da alleine hin und das auch noch als Frau und mit Backpack. Mehr lässt mein Urlaubsbudget auch gerade gar nicht zu. Ich kann mich jetzt nicht einfach in ein Resort einbuchen und dort die zehn Tage verbringen. Ich schlafe ein paar Nächte drüber und denk mir dann: „Scheiß drauf. Ich hab das Wetter hier so satt, ich brauche jetzt Urlaub und werde fliegen.“ Gesagt, getan.

Direkt vor Abflug wird mir dann doch noch mal ganz flau. Es ist immerhin mein allererster Backpacktrip und mein Freundeskreis war keine große Unterstützung im Mutmachen. “Egal, ich zieh das jetzt durch.“ sage ich mir immer wieder. Für die ersten zwei Nächte habe ich mir via Airbnb ein Zimmerchen gebucht, direkt am Meer und mit nur guten Reviews. Wenn andere das gepackt haben, wird man mich ja nicht gleich umbringen. Außerdem kann ich dort jederzeit verlängern, wenn ich merke, dass es eine sichere ‘Insel’ ist.

Ich komme am frühen Abend in San Salvador an, nehme mir ein Taxi und fahre zu meiner Unterkunft. Im Moment sieht hier für mich alles ganz normal aus. Beim Blick aus dem Fenster des Fahrzeugs sieht das für mich nicht nach Mord und Totschlag an jeder Ecke aus. Es ist dunkel als ich ankomme, trotzdem wartet mein Host noch auf mich, begrüßt mich freundlich und zeigt mir mein Zimmer. Es ist keine Luxusbude, aber durchaus ein Ort, um sich wohl und sicher zu fühlen. An dem Abend schlafe ich schon mal friedlich ein.

Am nächsten Tag hält mich nichts zurück. Ich will jetzt wissen, wie’s draußen bei Tageslicht ausschaut. Ich schnappe mir den Rucksack und die Kamera und ziehe los. Der kleine Ort hier heißt El Zonte und ich schlendere zunächst am Meer entlang, um in den Kern des Dorfes zu kommen. Auch hier sieht alles völlig harmlos aus. Surfer im Meer, Sonnenhungrige am Strand und Spaziergänger, wie ich, auf dem Weg. Ich traue mich sogar die Kamera aus der Tasche zu ziehen und meine Erlebnisse im Bild festzuhalten. Ich hatte ja schon befürchtet, dass man hier sofort ermordet wird, wenn man teures Equipment dabei hat. Das Gegenteil ist der Fall. Man beachtet mich gar nicht und so bekomme ich mehr und mehr Vertrauen.

Ich schlendere am Meer entlang, beobachte das Treiben, genieße die Sonne und fühle mich einfach nur wohl. Am Nachmittag in einer Bar lerne ich zwei junge El Salvadorianer kennen. Wir plaudern angeregt und sie zeigen mir den Ort. Wieder ist da das Gefühl, dass es für mich keinen Grund gibt Panik zu schieben. Und so bleibt meine Zeit in El Salvador auch. Von Tag zu Tag merke ich, dass es kein Land ist, das man pauschal abstrafen sollte und vor dem man Angst haben muss. Ich werde mutiger, schlage mich an der Küste entlang, von Hostel zu Hostel durch, fahre auf der Pritsche von Lastwagen mit und freunde mich mit Locals an. Ich lerne mich sicher im Land zu bewegen und bekomme überhaupt nichts mit, von dem, was auf den Seiten des Auswärtigen Amtes an Horrorszenarien beschrieben wurde.

Einen kleinen Ausrutscher leiste ich mir dann aber doch. Auf dem Weg zu den Pyramiden von Tazumal komme ich am Nachmittag in Santa Ana an. Weil es an der Küste nie ein Problem war ein Hostel zu finden, verlasse ich mich auch diesmal drauf, noch irgendwo unterzukommen. Das einzige Hostel ist allerdings ausgebucht und ich stehe verloren und ohne Spanischkenntnisse auf der Straße. Am Meer haben alle auch irgendwie mehr Englisch gesprochen als hier, bemerke ich und schäme mich etwas, nicht besser vorbereitet zu sein. Ein junger Mann, der mit mir im Bus war, bemerkt meine Unsicherheit und spricht mich auf der Straße an. Und das gleich damit, mir seinen Polizeiausweis zu zeigen, um mir mein Misstrauen zu nehmen. Er erklärt mir, dass es noch zwei Hoteloptionen gäbe. Die eine für 35 Dollar und eine etwas teurere mit 80 Dollar. Ich entscheide mich für die günstige Variante, was er irgendwie nicht so ganz gut zu finden scheint. Warum, verstehe ich erst später, als das Taxi mich da abgesetzt hat und ich das Zimmer begutachte. Die Gardinen sind noch zugezogen und das Zimmer recht düster, als ich eintrete. Im Halbdunkeln erkenne ich eine geflieste Ecke und eine silberne Stange. „Warum haben die eine Dusche quasi direkt neben dem Bett?“. Als der Vorhang sich lichtet, begreife ich, dass das keine Dusche ist, sondern eine Tabledance-Stange. So langsam dämmert mir auch, warum jedes der Zimmer über einer Garage liegt. Ich bin in einem Sex-Hotel gelandet! Und im Nachgang erfahre ich auch, dass ich mit der Vermutung ganz richtig lag. Man fährt mit dem Auto in die Garage, schließt das Tor und kann seine Begleitung ungesehen aufs Zimmer bringen. Die Bezahlung erfolgt über eine Klappe in der Wand und man vergnügt sich auf dem Zimmer, ohne dass irgendwer mitbekommt, wer sich hier gerade mit wem vergnügt. Sehr praktisch *zwinker*. Da das Zimmer sehr sauber und gepflegt ist, beschließe ich zu bleiben.

Die Nacht war ruhig und ohne Geräusche aus Nachbarzimmern, trotzdem checke ich am nächsten Tag aus.

An dem Tag bin ich mit Dan und Anna verabredet, einem Pärchen, das ich am Vortag beim Essen kennengelernt habe. Sie wollen mir ihre Gegend und die Pyramiden zeigen. Wir verbringen den ganzen Tag zusammen und sie laden mich im Anschluss auf ihre Farm ein. Wieder ist da kein Misstrauen oder Angst, denn ich habe zwei so liebe und herzliche Menschen kennengelernt, dass ich mich gerne darauf einlasse. Im Gegenteil, ich genieße es so sehr mit Locals unterwegs zu sein, ihre liebsten Plätze kennenzulernen, ihre Geschichten zu hören und an ihrem Leben teilzuhaben. Ich lerne, womit sie ihren Lebensunterhalt bestreiten, wie es ist in El Salvador zu leben und auch über die Historie des Landes erfahre ich aus erster Hand. Für mich eine unschätzbare Erfahrung. Als ich mich nach zwei Tagen von den beiden verabschiede, sind sie mir so sehr ans Herz gewachsen und ich ihnen, dass wir gemeinsam in Tränen am Busbahnhof stehen.

Aber mich erwarten schon die beiden Jungs vom ersten Tag meiner Reise. Sie wollen mir ihre Stadt zeigen und so heißt es für mich Abschied nehmen. Die nächsten zwei Tage sind nicht weniger spannend. Gemeinsam besuchen wir Märkte, klettern auf Vulkane und cruisen die Küste entlang. Wir naschen uns durch ihre Spezialitäten, genießen Cocktails und auch sie laden mich zu sich nach Hause ein. Ich lerne Freunde und Familie von ihnen kennen, erfahre noch mehr über ihre Lebensgewohnheiten und fühle mich

bald als richtige Freundin und nicht nur als Touristin. Eine Erfahrung, die ich davor so auf noch keiner Reise gemacht habe. Klar lernt man immer wieder Menschen auf Reisen kennen, aber das bleiben doch meist Urlaubsbekanntschaften. Aber hier in El Salvador habe ich Freunde fürs Leben gefunden und noch heute, viele Jahre später, sind wir in Kontakt und ich denke oft daran, mir einfach mal wieder ein Ticket zu buchen und sie alle zu besuchen. Einfach, weil sie mir so ans Herz gewachsen sind und sie alle dazu beigetragen haben, dass ich ein Land und seine Menschen abseits der Kriminalitätsstatistik kennenlernen durfte.
Und auch das ist geblieben. Ich lasse mich nicht mehr pauschal durch Horrormeldungen über ein Land davon abhalten, dieses für mich zu entdecken. Ich war in Honduras, ich bin als Frau allein nach Indien gereist und auch ein Roadtrip in Südafrika macht mir keine Angst mehr. Und das ist es auch, was ich anderen gerne mitgeben möchte: Hört auf euer Herz und nicht auf Unkenrufe anderer.

Marlene Rybka, geboren 1977, arbeitet als Online Marketing Managerin, Reise-Autorin und Fotografin. Einst war sie eine ausgemachtes Couch-Potatoe, bis sie ihre Leidenschaft für die Welt, das Schreiben und Fotografieren entdeckt hat. Sie liebt es zudem, Menschen zu inspirieren und zu motivieren. Ihre Artikel über Abenteuer und Reisen sollen Lust machen, den Hintern von der Couch zu bekommen und ein aktives, lebenswertes und glückliches Leben zu führen.

www.couchabenteurer.de

KAPITEL 5

Wenn der Ozean den Regenwald küsst

Von Sonja Wolf

“Travelling – it leaves you speechless, then turns you into a storyteller.”

Ibn Battuta, The Travels of Ibn Battutah

2.03 Uhr nachts. Da liege ich also nun. Etwas angespannt und - wie hätte es auch anders sein sollen - natürlich hellwach. Immerhin darf ich in dieser Nacht einen halbwegs weichen Untergrund als mein Bett bezeichnen. Draußen ist es stockdunkel. Nur die Sterne erleuchten den klaren, schwarzen Nachthimmel. Zumindest stelle ich es mir so vor. Sehen kann ich ihn und sie genauso wenig wie das Holzdach der Hütte, in der ich liege - so dunkel ist es um mich herum. Von dem Gedanken, dass so auch die ersten Zeilen eines Thrillers lauten könnten, versuche ich mich abzulenken und verfluche stattdessen insgeheim einmal mehr das 'Abenteuer-Gen', das sich irgendwo ganz tief in meinem Innersten versteckt hält. Es ist mal wieder Schuld an meiner derzeitigen Situation und auch wenn es mich immer wieder dazu antreibt Unbekanntes zu erforschen, fremde Länder zu bereisen und neue Dinge auszuprobieren, so frage ich mich doch in diesem Moment, wie ich bloß auf die Schnapsidee hatte kommen können, im tiefsten australischen Regenwald übernachten zu wollen. Wird schon schiefgehen! 'No worries', wie der gelassene Australier mir wahrscheinlich beipflichten würde. Alles halb so wild, es ist ja nicht so, als würden in Australien irgendwelche gefährlichen Tiere leben.

Welcome to the Jungle!

'Eindrucksvoll' ist das Wort, das die Gegend wohl am ehesten beschreibt, die ich bereits tagsüber hatte erkunden können. Nicht umsonst gehört das 85 Kilometer nördlich von Port Douglas gelegene Cape

Tribulation an der Ostküste Australiens als Teil der Wet Tropics of Queensland seit 1988 zum UNESCO Welterbe. Hier trifft das Meer auf den Dschungel, das Great Barrier Reef auf den Daintree Rainforest, die unbändige See auf den mächtigen Regenwald, der mit seinen 135 Millionen Jahren den Titel des ältesten der Welt tragen darf.

Zwei Naturgewalten, die sich, so scheint es,
in ihrer Schönheit zu überbieten versuchen.

Schon die Fahrt bis zu der Landzunge im Norden Queenslands ist imposant. Sobald man die Hafenstadt Port Douglas, und mit ihr die nächstgrößere Zivilisation, hinter sich gelassen hat, führt die einzige Straße an kilometerlangen Traumstränden die Küste des Sunshine State gen Norden entlang, bis man schließlich mit dem Auto durch den Urwald brettert. Umgeben von facettenreichen Grüntönen, unbekannten Pflanzenarten und auf teilweise unbefestigter Straße befindet man sich plötzlich inmitten der Natur. Es sind Momente wie diese, in denen das Abenteuer-Gen in mir aufblüht, mich in den Bann zieht und den ganzen Körper elektrisiert. Angetrieben von der Neugier, dem Unbekannten und dem Nervenkitzel führt der Weg mich zwar weiterhin an der Küste, aber weniger an breiten Sandstränden als an dichten Büschen und Ästen, Girlanden und Farnen, vorbei bis zu der Landzunge, die ihren Namen keinem Geringeren als Seefahrer und Entdecker James Cook zu verdanken hat, der am sogenannten Kap des Trübsals beinahe sein Leben gelassen hätte. Gute Aussichten also für eine Übernachtung an eben diesem Ort, möchte man meinen. Doch Cook hatte weniger mit den Gefahren des Dschungels als denen der rauen See zu kämpfen, als er auf seiner ersten Südseereise mit der Endeavour im Juni 1770 am Cape Tribulation auf Grund lief und seine Fahrt erst nach über einem Monat hatte fortsetzen können. Ob die Strandung inmitten der fremden Natur tatsächlich so trübselig gewesen ist, wage ich zu bezweifeln. Immerhin konnte durch den ungewollten Zwischenstopp eine Entdeckungstour an Land durchgeführt werden, bei der die Besatzung unter anderem ziemlich 'große Hasen' beobachten konnte - hüpfende Tiere, die von den Einheimischen den Namen 'Kängurus' erhalten hatten.

Eine schwierige Beziehung

Auch heute leben noch einheimische Aborigine-Stämme in Tropical North Queensland. Erst vor wenigen Tagen konnte ich einige von ihnen während des Besuchs der Mossman Gorge kennenlernen, einem Abschnitt des Regenwaldes, der zum Heimatland der Ureinwohner des Kuku Yalandji Stammes gehört. Mit dem Shuttlebus wird man hier zu Wasserfällen transportiert und fährt vorbei an den Häusern und Hütten des indigenen Volkes, das inmitten des Dschungels lebt. Viele sprechen kein Englisch, untereinander sowieso nicht. Selbst die jüngere Generation unterhält sich in der Stammessprache. Ausgelassen toben sie im Wasser, laufen barfuß die schmalen Pfade des Urwaldes entlang. Manche von ihnen tragen keine Kleidung, nicht mal Schuhe und erst recht kein Smartphone bei sich, wie es Kinder in ihrem Alter anderenorts heutzutage normalerweise tun. Befremdlich ist es nicht, das Bild, welches sich mir hier bietet. Eher ungewöhnlich.

Erst am Tag zuvor hatte mir ein australischer Tourguide mehr über das Verhältnis zwischen den Aborigine-Stämmen und der 'weißen Bevölkerung' erzählt. Schwierig sei es noch immer, obwohl es sich seit den späten 60er Jahren stetig gebessert habe. Erst 1967, knapp 180 Jahre nach der Besiedlung durch die Europäer, erhielten die Ureinwohner das Wahlrecht in dem Land, das sie bereits seit 50.000 Jahren bewohnten.

Mit der Besiedlung hatte sich für sie alles verändert. Ihre Siedlungen wurden zerstört, Kinder ihren Eltern entzogen, die eigene Lebenskultur ausgemerzt und die der Europäer aufgezwungen. Obwohl sie nach Ende des Zweiten Weltkrieges immerhin die australische Staatsbürgerschaft erhielten, wurden erst in den späten 60er Jahren die Bürgerrechte halbwegs angeglichen. Inzwischen sei die Beziehung schon besser geworden, wobei es weitere 40 Jahre dauerte, bis sich die Regierung im Jahr 2008 offiziell mit einer Entschuldigung an die Aborigines wandte, die durch die rassistische Politik vorübergehend sogar vom Aussterben bedroht waren.

Entschuldigung hin oder her. Verschließen darf man die Augen nicht davor, dass das Leben der Ureinwohner in Städten noch einmal ganz anders aussieht als die friedliche Zusammenkunft, die sich mir an der Mossman Gorge zeigt. Die Folgen der radikalen Anpassungspolitik sind in den urbanen

Gegenden am ehesten zu spüren. Gerade in großen Städten hat die indigene Bevölkerung mit Drogen, Alkohol und Armut zu kämpfen und selbst wenn die Beziehung zwischen weißer und Aborigine-Bevölkerung heutzutage wahrscheinlich besser ist denn je, so macht es für mich jedenfalls nicht den Anschein, als würden die Ureinwohner auch tatsächlich als ebenbürtige Mitmenschen anerkannt werden.

Die Worte des Tourguides klingen auch in dieser Nacht noch in meinen Ohren und ich versuche, seine Erzählungen mit einer gewissen Distanz zu rekapitulieren. Immerhin bedeutet das Reisen auch, neue Kulturen und Völker kennenzulernen, zu versuchen, die Geschichte zu verstehen und sich auf Fragen einzulassen. Wie diejenige, weshalb einheimische Stämme in einem fortschrittlichen Land wie Australien auch heute noch so leben wie sie es tun. Weil sie es nicht anders wollen? Es nicht anders kennen oder es womöglich einfach nicht besser wissen? Doch wer bin ich schon, um darüber urteilen zu können, wann ein Leben besser gelebt wird als ein anderes? Glücklich sahen die Aborigine-Kinder aus. Keinesfalls vermittelten sie den Eindruck als führten sie ein schlechtes Leben. Das nicht. Aber vielleicht ein anderes.

Ganz egal, wohin die Reise geht und welche Fragen gestellt werden, eines ist beim Reisen immer gleich: Man hat die Möglichkeit, sich weiterzubilden, andere Lebensarten, Völker und Sprachen kennenzulernen.

Denn Reisen ist Bildung und
für mich die schönste Art davon.

Nicht nur, weil man sich dadurch selbst ein wenig weiterentwickelt, sondern bei jeder Reise die Gelegenheit erhält, den eigenen Standpunkt in der Welt, den eigenen Wert darin zu erforschen und auf diese Weise gewissermaßen auch immer wieder ein bisschen mehr über sich selbst erfahren zu können.

Unter Krabblern und Palmen

In dieser Nacht erfahre ich vor allem eines über mich: Die ungewöhnlichen, lauten Tiergeräusche um mich herum faszinieren mich ungemein. Auch wenn ich die Tiere selbst nicht sehen kann, so kann ich sie hören. Inmitten einer Geräuschkulisse, die ihresgleichen sucht. Denn wenn die Sonne hinter dem dichten grünen Teppich, den der mächtige Regenwald abgibt, verschwindet und die Nacht langsam über das Dickicht des Dschungels hereinbricht, ist der Ort ein anderer als noch wenige Stunden zuvor. Er wirkt gefährlicher, bedrohlicher, unbändiger als er ohnehin schon ist. Und geräuschvoller.

Zu verdanken habe ich das der beeindruckenden Artenvielfalt im Daintree Rainforest. Über 70 Tier- und 700 Pflanzenarten leben hier sogar endemisch und das obwohl dieser Regenwald gerade mal 0.01 Prozent der gesamten australischen Fläche ausmacht. Nicht nur beeindruckend, sondern in der dunklen Nacht vor allem (er-)furchteinflößend, ist dieses Orchester mit den unbekannten Instrumenten. Denn das ungewöhnliche Geknister und Geknatter, das Brummen, Rascheln und Krächzen kann man nicht immer zuordnen und demzufolge auch nicht ausmachen, was genau da gerade um die eigene Hütte krabbelt. Ist es ein kleiner Käfer oder doch der große Kasuar - eine der 70 Tierarten, die nur in diesem Gebiet Australiens vorkommt. Vielleicht hat sich aber auch ein Krokodil beim Landgang die paar Meter in den Regenwald hinein verirrt?

Ein bisschen mulmig ist mir bei dem Gedanken daran schon zumute, obwohl ich in meiner kleinen Hütte wahrscheinlich doch noch recht behütet nächtige. Ganz ruhig liege ich also nun hier und lausche gebannt den unbekannten Geräuschen, verhalte mich leise und friedlich während dieser unvergleichlichen Erfahrung auf fremdem Terrain, bis das Gezwitscher und Surren mich dann doch noch irgendwann langsam in den Schlaf musiziert.

Der Moment, in dem der Ozean den Regenwald küsst

Die Nacht war kurz. Es ist noch früh, als ich müde aus der Hütte spähe. Die ersten Sonnenstrahlen fallen durch das dichte Gestrüpp des Dschungels auf den nassen Waldboden. Die Luft ist feucht, aber nicht drückend. Nur wenige Meter den Pfad hinunter höre ich das Meer leise rauschen, das hier so schön auf den Regenwald trifft. Zwei Naturgewalten, die, so wie es scheint, auch an diesem Tag wieder einmal versuchen, sich in ihrer Schönheit zu überbieten. Schläfrig gehe ich die wenigen Schritte bis zum Wasser, spüre den kalten Sand unter meinen Füßen. Auch wenn ich die Müdigkeit noch in den Knochen spüre, ist es dieser eine Moment, in dem ganz tief in mir ein Gefühl erwacht. Es ist das Gefühl von Freiheit, das durch den gesamten Körper schießt und die Welt für einen Augenblick stillstehen lässt. Überwältigt von der Schönheit des Meeres, der Entfernung des Horizonts, der so weit weg zu sein scheint, dass man ihn mit den eigenen Augen kaum noch sehen kann. Das Wasser vor mir, den Dschungel im Rücken. Der Geräuschpegel der vergangenen Nacht ist längst verstummt, die Anspannung verflogen.

Es ist dieser Moment, in dem ich der
Stille lausche und versuche,
den Augenblick mit allen Sinnen wahrzunehmen.
Aufzunehmen. Festzuhalten.

Es ist dieser kurze Augenblick, wenn der Ozean den Regenwald küsst, in dem mir einmal mehr bewusst wird, wie wunderschön unsere Welt doch eigentlich ist.

Born and raised in Germany hat es **Sonja Wolf** bereits mehrmals in die Ferne gezogen. Gelebt und gearbeitet hat sie dabei unter anderem schon im sonnigen Australien und zuletzt in der Weltmetropole New York. Auf ihrem Blog *Join The Sunny Side* verbindet sie ihre drei großen Leidenschaften – das Reisen, das Fotografieren und das Schreiben – miteinander und nimmt ihre Leser mit auf ihre Abenteuer rund um den Globus.

www.jointhesunnyside.de

KAPITEL 6

Vom Zauber der Sauna – eine unvergessliche finnische Sommernacht

Von Rene Schwarz

„Im Grunde sind es doch die
Verbindungen mit Menschen,
die dem Leben seinen Wert geben.“

Wilhelm von Humboldt

Finnland – das ist für viele Mitteleuropäer eine große Unbekannte im Norden Europas. Ein Land, das den einen oder anderen hervorragenden Skispringer und Rennfahrer hervorgebracht hat und Heimat unzähliger Metal-Bands ist. Viele werden auch an den Weihnachtsmann denken, der hoch oben in Lappland zu Hause ist, an Nordlichter, Seen und Wälder. Und natürlich ist da auch noch die Sauna, das wohl berühmteste finnische Exportgut. Die sagenumwobene Schwitzstube wird in dieser Geschichte eine zentrale Rolle spielen. Aber es soll nicht nur eine Hommage an diesen besonderen Ort und seinen unbeschreiblichen Zauber sein, sondern auch eine Liebeserklärung an die endlosen finnischen Sommernächte und eine Verneigung vor der Freundschaft.

Finnland, das ist für mich persönlich kein Land wie jedes andere. Es ist für mich zweite Heimat und ein unvergleichlicher Rückzugsort. Hier kann ich den hektischen Alltag hinter mir lassen und komplett abschalten. Am liebsten tue ich das in einem typisch finnischen Ferienhaus am See, irgendwo im Nirgendwo, umgeben von dichten Wäldern. Während eines Aufenthalts im 'Mökki' wird das Handy den größten Teil des Tages ausgeschaltet. Es zählt das, was im Leben wirklich zählen sollte: das Plätschern des Wassers am Steg, das Rauschen der Bäume im Wind, die Rufe der Möwen und Taucherenten.

Doch Finnland steht für mich nicht nur für diese wunderbare, nahezu unberührte Natur, sondern auch für zwischenmenschliche Beziehungen, die ich nicht mehr missen möchte. Und dafür, wie eine Nacht in der Waldsauna, fernab jeglicher Zivilisation, es schaffte, solch eine Freundschaft noch weiter zu vertiefen. Doch fangen wir ganz von vorne an.

Juha kenne ich schon seit einigen Jahren. Wir lernten uns auf einer Party im Helsinkier Nachtleben kennen, als er mich auf mein 'Technoclub'-T-Shirt ansprach. Diese Veranstaltungsreihe für elektronische Musik ist in Frankfurt Kult – dass sie jedoch auch in der finnischen Clubszene bekannt ist, war für mich dann doch eine freudige Überraschung. Wir kamen also direkt gut ins Gespräch und verknüpften uns bei Facebook. So kam es, dass wir in den folgenden Jahren immer mal wieder bei Veranstaltungen aufeinandertrafen – teils in Finnland, aber auch in Deutschland.

Nachdem ich Juha eröffnet hatte, dass ich mit meiner Frau Carolin im Sommer 2017 für mehrere Wochen mit dem Auto durch Finnland reisen würde, lud uns der exzellent Deutsch sprechende Finne kurzerhand zu einem Aufenthalt in einem Mökki mitten im Wald ein, in seiner Heimatgemeinde Köyliö im Westen des Landes. Ohne Strom und fließendes Wasser, dafür mit einer original finnischen Sauna. Ehrensache, dass wir diese Einladung nicht ausschlagen konnten! Leider erlaubte uns unser straffer Zeitplan lediglich eine Übernachtung in der Waldhütte – aber diese sollte dennoch zu einer unvergesslichen finnischen Sommernacht werden.

Dabei standen die Zeichen bei unserer Ankunft in Köyliö zunächst einmal gar nicht so gut. Obwohl es der Tag nach Mittsommernacht war, suchten wir jegliche Anzeichen von ‘Sommer’ vergeblich. Es war bitterlich kalt und der Regen prasselte auf die Scheibe unseres Mietwagens, als wir unseren Bestimmungsort erreicht und das Fahrzeug auf dem Parkplatz des Dorfladens abgestellt hatten. Kurze Zeit später erblickten wir Juha und seinen Vater am Treffpunkt und wir begrüßten uns herzlich. Obgleich das Wetter immer noch eher ungemütlich war, hob sich unsere Laune direkt.

Die beiden bestanden darauf, nach dem ‘Einchecken’ in der Waldhütte erst einmal eine ausgedehnte Sightseeingtour durch die nähere Umgebung mit uns zu machen. So besichtigten wir als erstes die auf einer Insel im See Köyliönjärvi gelegene, absolut sehenswerte Kirche des Ortes, die in früheren Jahren von den Bewohnern mit sogenannten Kirchbooten angesteuert wurde. Von hier aus ging es weiter zum größten See der Region, dem Pyhäjärvi. An dessen Nordufer befindet sich auf einem teils stillgelegten Fabrikareal der Kauttuan Ruukinpuisto – ein parkartiges Gelände mit einem besonderen Highlight, das wir hier so nicht erwartet hätten. Denn tatsächlich gibt es hier eine kleine, aber feine Ecke mit herrlich blühenden Rhododendren. Die leuchtenden Farben stellten einen wunderbaren Kontrast zum trist grauen Wetter dar und waren daher ein perfektes Fotomotiv für uns.

Nach einigen weiteren Zwischenstopps am Seeufer begann es schließlich wieder heftiger zu regnen und wir entschieden uns dazu, die Besichtigungstour bei Kaffee und Gebäck ausklingen zu lassen, ehe wir uns auf den Weg zurück zu unserer Waldhütte machten.

Hier hatte Juhas Mutter bereits aus diversen Behältnissen ein fantastisches Festmahl gezaubert. So wurden wir mit allerlei Spezialitäten – von Salat nach Familienrezeptur bis hin zum superleckeren finnischen Brot – verwöhnt, während der Vater unseres Gastgebers sich bereits um die Sauna kümmerte. Denn diese wurde hier, auf ganz traditionelle Weise, selbstverständlich mit Holz befeuert. Harte Arbeit, aber eben die einzig wahre Art, die echte finnische Sauna zu zelebrieren.

Da es weiterhin unerfreulich kühl war, wurde auch im Kamin der Haupthütte, welche uns als Schlafplatz dienen sollte, Feuer gemacht. Derweil erwärmten Juha und ich uns bereits innerlich mit einigen von ihm sorgsam zusammengestellten finnischen Bierspezialitäten. So entwickelten sich schon bei diesem gemütlichen Beisammensein kurzweilige Gespräche und wir philosophierten nicht nur über den in diesem Jahr bislang viel zu kalten finnischen Sommer, sondern immer wieder auch über unsere gemeinsame Leidenschaft, die elektronische Musik. Schließlich war die Sauna so weit und dieses urfinnische Ritual konnte seinen Lauf nehmen.

Juhas Eltern verabschiedeten sich, jedoch nicht, ohne freundlich und mit einem Augenzwinkern darauf hinzuweisen, dass wir uns in einem Notfall jederzeit melden könnten – etwa, wenn Lebensmittel oder Getränke zur Neige gehen sollten. Dann stiegen die beiden in ihr Auto und verschwanden schon kurz darauf zwischen den Bäumen. Um uns herum nur noch die Stille des Waldes, das leise Prasseln der Regentropfen und weit und breit keine anderen

Menschen. Ein Traum.

Damit wir in der Sauna nicht verdursteten, stellte Juha direkt noch ein paar 'Saunakalja' (Saunabiere) bereit. Dann konnte es endlich losgehen! Das Besondere an der finnischen Sauna ist, dass es hier praktisch keine Regeln gibt – außer denjenigen, die die jeweilige Saunagemeinschaft aufstellt. So beschlossen wir etwa, dass wir Herren der Schöpfung uns komplett nackt in den Schwitzraum begeben würden, während Carolin es bevorzugte, einen Badeanzug zu tragen. Zu den essenziellen Bestandteilen des Saunierens gehört es für die Finnen jedoch, ganz im Gegenteil zur aus deutschen Badeanstalten bekannten Praxis, dass jeder nach Lust und Laune Aufgüsse machen darf. Es gibt dafür sogar ein spezielles Wort: Löyly. Die Aufgüsse werden üblicherweise einfach nur mit klarem Wasser und einer Löyly-Kelle durchgeführt. Dabei kann es auch mal etwas heftiger zugehen – wer es vor Hitze nicht mehr aushält, darf jederzeit die Sauna verlassen.

Wir ließen es an diesem Abend jedoch eher langsam und gemächlich angehen. Schließlich hatten wir alle Zeit der Welt und keine Eile, zügig fertig werden zu müssen. So genossen wir jeden Moment und nutzten auch die Zeit in der Sauna dazu, um uns weiter angeregt über Gott und die Welt auszutauschen. Zwischendurch wagten wir immer mal wieder ein Bad im direkt vor der Hütte befindlichen Waldteich – in dem zumindest gefühlt noch nahezu Minusgrade herrschten. Lediglich die Eisschollen fehlten. Dabei zeigte sich, dass ich als Halbfinne sogar ein wenig wagemutiger bereit war mich in die frischen Fluten zu stürzen als der '100-Prozent-Finne' Juha, der es vorzog, jeweils lediglich kurz seine Beine zu befeuchten.

Als der Zeiger der Uhr bereits Mitternacht erreicht hatte, verabschiedete sich Carolin nach etwa dreistündigem Schwitzbad in Richtung Nachtlager. Juha und ich blieben zurück und nahmen uns vor, noch die eine oder andere Runde, begleitet von dem einen oder anderen 'Saunakalja', in Angriff zu nehmen. Schließlich gab der Ofen immer noch erstaunlich viel Wärme ab, draußen war es lediglich ein wenig dämmrig und vor allem hatten wir uns noch eine ganze Menge zu erzählen. Und so ging es dann auch noch mit einigen Geschichten und Anekdoten zum Schmunzeln und Lachen ein bisschen weiter. Ein bisschen? Zugegebenermaßen waren wir selbst erstaunt, als wir gegen 6 Uhr morgens dann doch noch einen Blick auf die Uhrzeit wagten und feststellten, dass wir sage und schreibe neun Stunden in dieser Sauna verbracht hatten!

Jetzt war es wirklich an der Zeit, sich schlafen zu legen. Schließlich hatten meine Frau und ich am nächsten Tag wieder einige Kilometer und weitere Verabredungen vor uns. Nachdem wir noch schnell eine lustige Videobotschaft an meine Freunde in Deutschland über den Facebook-Messenger verschickt hatten, begaben wir uns also ebenfalls zum Haupthaus und mummelten uns auf den Pritschen bestmöglich ein, um kurz darauf selig einzuschlummern.

Als ich am nächsten Morgen – also nur wenige Stunden später – aufwachte, zwitscherten draußen bereits die Vögel und die Sonne stand über dem friedlich inmitten des tiefen Waldes gelegenen Teich und den ihn umgebenden Hütten. Juhas Eltern waren schon vor Ort und ließen es sich nicht nehmen, für uns ein paar typisch finnische 'Grillimakkara' (Grillwurst) über der kleinen Feuerstelle zu brutzeln. Nach deren Genuss stand schließlich der unvermeidliche Moment des Abschieds an. Natürlich reisten wir nicht ab, ohne Juha im Gegenzug für diese herausragende Gastfreundschaft zu uns ins Rhein-Main-Gebiet einzuladen. Dieser Besuch hat inzwischen stattgefunden und war ebenfalls ein Fest der deutsch-finnischen Freundschaft. Dennoch denke ich bis heute am allerliebsten an diese besondere finnische Sommernacht mitten im Wald zurück – als der Zauber der Sauna die Stunden zu Sekunden zusammenschrumpfen ließ.

René Schwarz, geboren 1982, lebt als selbstständiger Texter und Autor mit seiner Frau Carolin in der Nähe von Frankfurt am Main. Der halbe Finne ist zweisprachig aufgewachsen. Auf dem von den beiden gemeinsam mit Co-Bloggerin Tanja Frisch betriebenen Blog *FinnTouch* schreibt er sich seine Leidenschaft für sein zweites Heimatland von der Seele. Er liebt das Reisen, Musik und Fußball und ist der festen Überzeugung, dass Erlebnisse und Momente das Wesentliche sind, worauf es im Leben ankommt.

www.FinnTouch.de

KAPITEL 7

Vanlife Story:
Wir lassen uns treiben,
das Leben die Geschichten schreiben

Von Yvonne Rundio

„Ich möchte reisen,
die Welt entdecken,
alles selbst erleben und selbst erfahren,
riechen, schmecken und hören,
meinen Horizont erweitern,
in fremde Kulturen eintauchen und
versuchen, die Menschen besser zu
verstehen."

Nina Sedano

Auf einmal sitzen wir im Camper und fahren los. Noch vor ein paar Tagen sah alles anders aus. Wir standen vor der großen Herausforderung zum ersten Mal in unserem Leben auf uns allein gestellt ein Auto zu kaufen. Nicht nur ein Auto, sondern einen Camper, in dem wir die nächsten drei Monate in Neuseeland leben wollten. Fragen über Fragen zum Autokauf. Was darf dieser kosten? Was muss man beim Kauf beachten? Wie alt sollte der Camper höchstens sein? Wie viele Kilometer sollte er maximal haben? Werden wir auch nicht übers Ohr gehauen? Wie erkennt man, ob technisch alles gut in Schuss ist?

Also haben wir uns hingesetzt und erst mal im Internet recherchiert. Kleinanzeigen angeschaut, Hostels angeschrieben, Gebrauchtwagenmärkte gecheckt. Webseiten und Blogs gelesen mit Tipps zum Autokauf. Uns mit dem Autokauf in Neuseeland vertraut gemacht. Am Ende hatten wir zwei Vans in die engere Wahl gefasst. Das erste Auto ist es geworden. Liebe auf den zweiten Blick und Vertrauen, dass schon alles gut gehen wird.

Wir haben uns entschieden – die über zwanzigjährige Martha wird unser neues Zuhause auf Rädern. Den Namen hatte das Auto noch nicht, der kam erst später auf der ersten Fahrt. Tagelang haben wir Martha zuvor entrümpelt, geputzt, Listen geschrieben, was noch alles fehlt, was wir noch brauchen und zwischendurch Besorgungen gemacht. Eine Lösung für Strom und Internet gefunden: ein Inverter für die zweite Batterie und großes Datenvolumen zum Arbeiten von unterwegs.
Für mehr Gemütlichkeit und Home Sweet Home

Feeling haben wir uns Kuscheldecke und Kissen, Lichterkette, Tafel plus Kreide für spontane Kritzeleien, Gedanken oder Einkaufsliste, Postkarten am Kühlschrank, Sprüchewimpel an einer Leine und nicht zu vergessen eine Grünpflanze und Kräuter zugelegt. Dazu noch einen Traumfänger am Rückspiegel und die Vorfreude aufs Schlafengehen ist an jedem Abend riesengroß.

Jetzt sind wir unterwegs. Leben mittlerweile ein paar Wochen in unserem Camper. Fahren von einem Ort zum nächsten. Ohne zu wissen, wo wir in zwei Tagen, in fünf Tagen, nächste Woche sein werden. Genießen die Freiheit. Lassen uns treiben, das Leben die Geschichten schreiben.

Neuseelands Natur ist atemberaubend. Hinter jeder Kurve, hinter jedem Hügel, hinter jedem Berg, nach jeder Brücke erwartet uns etwas Neues, etwas noch Schöneres. Und all die Seen, Flüsse und Bäche, überall Wasser. Kühles Nass zum Erfrischen, zum in die Ferne schauen, die Gedanken schweifen lassen. Seen zum Baden, als Duschersatz, wenn es mal weit und breit keine Möglichkeit gibt. Mittlerweile kostet es uns nicht mehr viel Überwindung in einen der Bergseen zu springen. Aber das Wasser ist eiskalt! Dafür wird es einem nach dem Bad schön warm.

Genauso laden die Landschaften zum Laufen ein, lassen die Anstrengung vergessen. Die Glücksgefühle im Anschluss kommen garantiert.

Am Anfang waren wir noch sehr vorsichtig, fast ängstlich, immer bereit, sobald Martha ein unbekanntes Geräusch von sich gab oder der erste steile Anstieg vor uns stand. Wird sie es schaffen? Oder bleiben wir gleich stehen? Ist sie schon zu alt für diese Reise? Oder nimmt sie uns locker mit auf diesem Trip? Natürlich haben sich diese Bedenken ziemlich schnell in Luft aufgelöst. Martha ist zwar etwas in die Jahre gekommen, langsam und gemütlich unterwegs, schafft aber bisher alles locker. Daran haben wir uns in der Zwischenzeit gewöhnt. Auch daran nach jeder Fahrt das Licht auszumachen.

Denn tatsächlich ist es schon passiert, dass wir am nächsten Tag nicht losgekommen sind. Der Motor wollte nicht mehr anspringen. Zum Glück sind die Neuseeländer bestens ausgestattet und schnell hatten wir jemanden gefunden, der uns mit Starthilfe wieder auf die Straße brachte. Dann war auch klar, es war das Licht und es lag nicht an Martha. Auch haben wir uns zur Gewohnheit gemacht vor jeder Fahrt das Kühlwasser und das Öl zu checken, Trinkwasser und Vorräte aufzufüllen, zu tanken. Auch darüber hatten wir uns anfangs nicht all zu viele Gedanken gemacht, doch in Neuseeland gibt es tatsächlich Regionen, in denen es über hundert Kilometer weit und breit keine Tankstellen gibt. Bisher ging noch alles gut. Toi, toi, toi.

Neuseelands Sommer gefällt uns nach ein bisschen Gewöhnungszeit immer besser. Tagsüber ist es meist brennend heiß in der Sonne, kühl im Schatten. Zwischendurch gibt es mal einen Tag mit Wolken, einen Tag mit Regen. Dann haben wir wieder Sonne mit Wolken. Es bleibt bis 10 Uhr am Abend hell. Nachts wird es kalt und zwei, drei Mal haben wir uns eine Wärmflasche gemacht. Dazu in Pullover und Mütze eingepackt, mit Bettdecke und noch einer Kuscheldecke darüber war es trotzdem gemütlich warm.

Der Sternenhimmel auf der Südinsel ist unglaublich. Wolkenlose Nächte zeigen Sterne ohne Ende und die Milchstraße. Unbeschreiblich. Einmal stellten wir uns zum Sterneschauen extra den Wecker mitten in der Nacht. Ausgerechnet in der kältesten Nacht, die wir bisher überhaupt hatten. Egal, frierend, zitternd und staunend standen wir irgendwo im nirgendwo und schauten ehrfurchtsvoll in den Himmel.

Das Leben im Camper zu zweit auf engstem Raum verlangt etwas Übung, aber die kommt schnell. Dann hat alles scinen festen Ort, sitzt jeder Handgriff, jeder Ablauf. Enger Raum bedeutet gleichzeitig auch ganz viel Gemütlichkeit.

Wir lernen jeden Tag dazu. Nach einer längeren Fahrt sind wir an einem Platz am Meer angekommen und haben uns gemütlich für die Nacht eingerichtet. Da hören wir plötzlich dieses Geräusch. Ein lautes Zischen. Mist, unser Reifen verliert Luft. So haben wir zum ersten Mal einen Reifen gewechselt. Auch das haben wir geschafft. Obwohl der Ersatzreifen kaum Luft hatte und uns wieder einmal unsere neuseeländischen Nachbarn mit einer Pumpe aushelfen mussten. Martha fährt wieder wie die Alte.
Neuseeland ist ein Wanderland. Ganz besonders in den Bergen auf der Südinsel scheinen die Menschen ziemlich verrückt nach ein- und mehrtägigen Wanderungen. Das sind wir ehrlich gesagt nicht.

Gerne machen wir mal eine zwei, drei, vielleicht vier Stunden lange Wanderung. Dann sind wir doch lieber wieder on the road.

Trotzdem, die bisher schönste Wanderung war zu einem Bergsee in Fjordland. Der Weg startete an einem Fluss mit einer Hängebrücke – erste Herausforderung, ich bin nicht ganz schwindelfrei und hasse entsprechend Hängebrücken. Weiter ging es durch einen wie verwunschen wirkenden Märchenwald. Immer den Berg hoch, über Stock und Stein. Manchmal mussten wir die Hände zum Klettern hinzunehmen. Zwischendurch eine Lichtung, die den Blick auf den Berg freigab, der noch vor uns lag. Hier brannte die Sonne, der Wald spendete wieder Kühle. Nach eineinhalb Stunden sind wir endlich am See angekommen. Erhitzt und schweißgebadet haben wir uns die wohlverdiente Pause am Ufer gegönnt und unsere Füße im Wasser gekühlt, mit Blick auf die umliegenden Berggipfel. So schön dieser Ausblick war, so klein fühlte ich mich, umgeben von diesen Naturgiganten – den riesigen Bergen, dem dunkelblauen See, dem dichten Wald. Gleichzeitig hatte die Natur eine unglaublich beruhigende Wirkung. Der Rückweg war kaum schneller, der Abstieg doch recht steil. Beide sind wir mal ins Rutschen gekommen und auf dem Hintern gelandet. Aber alles gut gegangen.

Wir ziehen weiter und fahren durch Orte, die meist nur aus ein paar Häusern bestehen und etwas verlassen wirken. Dann gibt es Orte, die etwas größer sind, dennoch verlassen wirken. An einem solchen Ort führt ein Mann seine Ziege an der Leine aus.

Nach drei Wochen war es endlich soweit: Wir waren wieder am Meer. Ich liebe das Meer. Die gefühlte Unendlichkeit, die Wellen, das Blau, das Rauschen, das Gefühl von kühlem Wasser, das den Körper umgibt. Manchmal möchte ich einfach nur am Strand sitzen und auf das Meer schauen, dann liebe ich es genauso hineinzuspringen, zu Schnorcheln, Tauchen oder Surfen. Oder ich genieße einfach nur die Geräuschkulisse und es reicht mir zu wissen, dass es da ist. In jedem Fall bedeutet das Meer für mich Entspannung und gibt mir Kraft, lässt mich kreativ sein.

Dann gibt es diese Orte, an denen ich kaum glauben kann, wie schön das Leben ist. Einer dieser Orte ist eine Bucht an der Südküste. Hier leben Delfine. Nicht nur ein paar, sondern ganz schön viele. Wir beobachten sie beim Auftauchen, Wellen surfen und aus dem Wasser springen. Die Bucht lädt mit flach abfallendem Sandstrand zum Baden und Surfen ein. Es ist tatsächlich ein Ort, an dem wir einfach ins Wasser gehen, etwas warten und schon tummeln sich ein paar Delfine um uns. Manchmal ein paar Meter entfernt, manchmal ganz nah, so dass ich ihren Atem hören kann. Es fühlt sich nahezu magisch an den Tieren so nah zu sein. Dabei vergessen wir sogar die kalte Wassertemperatur und gehen erst wieder an Land, als wir anfangen zu zittern. Nach Momenten wie diesen bleibt bei mir ein Gefühl von unfassbarer Dankbarkeit zurück.

Und so sitzen wir neben Martha, blicken auf das Meer, lauschen den Wellen und dem Wind, spüren die warmen Sonnenstrahlen auf der Haut. Freuen uns darüber was war, genießen den Augenblick und sind voller Vorfreude auf alles was kommt.

Unser Abenteuer ist noch lange nicht vorbei!

Das Leben hat so viel zu bieten, viel mehr als Pflichten, Sorgen, Ängste, Langeweile, Alltagstrott. Das Leben ist Abenteuer, Möglichkeiten, Vertrauen, Liebe, Zauber, Überraschungen, Freude, Tanz. Ganz besonders in der Natur. Wenn wir nur wollen und machen und genießen, voller Vertrauen in uns selbst. Das Leben ist immer für uns und alles wird gut. Lasst uns hinausziehen und dieses Leben leben.

Yvonne Rundio ist Kommunikationsdesignerin und Bloggerin. Auf *Somewhere else* nimmt sie dich mit auf Reisen, auf Entdeckungstouren ans Meer und auf Spaziergänge zu den Kochtöpfen dieser Welt. Mit Erzählungen von Begegnungen, Gedanken zu Erfahrungen und Erlebnissen. Geschichten, die von Überraschungen, Abenteuern, lustigen Begebenheiten und manchmal auch einigen Anstrengungen erzählen. **www.somewhereelse.de**

Aus der Liebe zum Meer, der Lust, schöne Dinge zu gestalten und dem unbedingten Willen das, was wir lieben, zu schützen und zu bewahren ist die Idee für *BIRU BIRU — Stories by the sea* entstanden. Produkte von Oceanlovern für Oceanlover. Mit jedem Verkauf werden Projekte für den Meeresschutz unterstützt. **www.birubiru.de**

KAPITEL 8

Es ist früh in Curitiba, der ‘europäischsten’ Stadt Brasiliens

Von Daniel Tischer

"Some beautiful paths can't get discovered - without being lost"

Erol Ozan

Es ist früh in Curitiba, der 'europäischsten' Stadt Brasiliens, die berühmt für ihre fortschrittliche Stadtplanung und das Bildungswesen ist. Eine Stadt, die man so auf den ersten Blick in Brasilien nicht erwarten würde. 50 Quadratmeter Parklandschaft pro Einwohner. Ein Food-for-Trash-Programm, das eine stadtweite Recyclingquote von 70 Prozent unterstützt - die höchste der Welt. Ein öffentliches Verkehrssystem, das täglich 1,9 Millionen Fahrgäste befördert, was sagenhaften 70 Prozent des Pendlerverkehrs entspricht. Ein ausgedehntes Netz von Freiflächen, die von Schafen gemäht werden, dient dem Hochwasserschutz und bietet eine attraktive Alternative zu Betonkanälen. Diese kühnen Initiativen sind dem ehemaligen Bürgermeister Jaime Lerner zu verdanken. Anfang der 70er Jahre bringt er den Mut auf, die Innenstadt in eine Fußgängerzone umzuwandeln, fünf Expressbus-Linien mit futuristischen, röhrenförmigen Einstiegsplattformen zu schaffen, Recycling und nachhaltiges Design zu fördern, lange bevor es in Mode kam. Dazu wurden haufenweise Bäume gepflanzt und Parks im großen Stil errichtet. Curitiba ist eine echte Vorzeigestadt in Sachen Ökobilanz.

Der werde ich heute auch gerecht, denn ich möchte mit der Eisenbahn von der Großstadt in den Dschungel. Auf einer der schönsten Bahnstrecken, die Südamerika zu bieten hat. Der Serra-Verde-Express schlängelt sich 110 Kilometer durch das schwer zugängliche Küstengebirge der Serra do Mar. Bereits um kurz nach sieben tummeln sich an die 50 Leute in der kleinen Wartehalle des kleinen Terminals, um ein Ticket für den berühmten Zug zu ergattern.

Den Ticketverkäufern scheint die Herrgottsfrühe nichts anzuhaben. Sie klären mich ausführlich über die verschiedenen Klassen und Fahrpreise auf. Und warum die hochpreisige Executive Klasse natürlich besser wäre. Nein danke, das Budget ist begrenzt, ich noch zu müde für ausschweifende Erklärungen über die Vorzüge verschiedener Zugklassen und gebe mich mit einem simplen Touristenticket zufrieden. Dafür erhält man ein Erfrischungsgetränk und ein Guide erklärt die Entstehung des Zuges, der Bahnstrecke und die umliegende Landschaft. Passt doch.

Um 8.15 Uhr soll der Zug starten und so geht es pünktlich um 8 Uhr zum Einchecken. Der Zug selbst sieht jetzt nicht sonderlich spektakulär aus, denke ich mir, als ich meinen Platz einnehme. Eine alte, silbrig schimmernde Diesellok und scheinbar wahllos zusammengewürfelte Waggons. Auch die Mitreisenden sind eine bunte Mischung. Backpacker, Familien mit Kindern und ältere Herrschaften befinden sich auf den Sitzen rundherum und erwarten mit Vorfreude das erlösende Signal zur Abfahrt. Eine laute Tröte ertönt. Los geht's. Punkt 8.15 Uhr. Da kann sich die Deutsche Bahn mal ein gutes Beispiel nehmen. Mit einem ächzenden Ruck setzen sich die farblosen Waggons des Serra-Verde-Express in Bewegung. Die betagte Lok kämpft schwer an der Last und spuckt dabei dichte schwarze Rußwolken gen Himmel. Im Schneckentempo fährt der Schmalspurzug durch das morgendlich stille Curitiba. Der Name 'Express' spottet dabei jeder Beschreibung. Ich jedoch mag das Tempo. Brasilianische Gelassenheit kehrt ein. Nur keine Hektik.

Es geht vorbei an urbanen Zonen, viel befahrenen Schnellstraßen und trostlosen Industriegebieten. An jedem der zahlreichen Bahnübergänge ertönt das ohrenbetäubende Horn der Lok. Ich öffne das schwergängige Fenster und lasse mir den Fahrtwind um die Nase wehen. Kurz nach Verlassen der Stadt winden sich die Schienen durch sumpfige Wiesen und grüne Viehweiden. Einzelne kleinere Siedlungen, verlassene Bretterbuden und weitläufige Farmen ziehen vorbei. Die Lichter der Großstadt im Rücken, wird das flache Grasland nach und nach durch dichteren Wald abgelöst. Yeah, endlich richtiger Dschungel! Ich hänge mich aus dem Fenster und erfreue mich an riesigen Farnen, Bananenpalmen, hohen, mit Lianen besetzten Bäumen und Gewächsen mit farbenprächtigen Blüten. Die umliegende Natur kann man mit der wahnsinnigen Höchstgeschwindigkeit von 25 km/h so richtig auskosten. Passend zum Pflanzenmeer türmen sich nach und nach üppig bewachsene Berge im Hintergrund auf. Auf beeindruckenden Brückenkonstruktionen überqueren wir schwindelerregend tiefe Täler und mächtige Bergrücken. Es geht über Bachläufe steil bergauf und wieder bergab, wie in einer Achterbahn. Es geht durch 13 Tunnel, über 60 Brücken und Viadukte – unter anderem die São-João-Brücke, eine beeindruckende Stahlkonstruktion mit 113 Metern Länge. Immer dicht am Abgrund.

Gemeinsam mit den anderen Touristen quetsche ich meine Nase an die Scheiben auf der linken Seite des Zuges, dort, wo sich die Reize der Natur sammeln. Aufgrund des Ungleichgewichts wird mir ein wenig mulmig. Rechts nur grauer Felsen – links Abgrund und eine phänomenale Aussicht. Doch die betagte Lok hat genug Erfahrung mit Touristen und bringt uns sicher durch diese grandiose Landschaft.

Nach mehr als drei Stunden überwältigender Fahrt erreichen wir das verschlafene, koloniale Nest Morretes. Schulkinder erfreuen sich am Eintreffen des Zuges, winken eifrig oder sprinten eine Weile neben ihm her. Nach dem Ausstieg inmitten des tropischen Regenwaldes habe ich nicht nur Schmetterlinge in der Luft, sondern auch im Bauch. Immer wieder treffe ich im Laufe meiner Reisen auf besondere Orte. Orte, die ich am liebsten auf Kleinformat schrumpfen und in meine Tasche stecken möchte, weil sie so schön, so anders, so erfüllend sind. Gemütlich und unaufgeregt. Das Signalhorn des Serra-Verde-Express ertönt das letzte Mal an diesem Tag. Die Schmalspurbahn hat sich tapfer durch den Dschungel mit seinen üppig bewachsenen Bergen gekämpft. Nun gibt es endlich die wohlverdiente Pause für die Lok und für mich ein neues Kapitel meiner Reise durch den Süden Brasiliens.

Bemvindo a Morretes. Willkommen in Morretes. Mein Plan ist, direkt am Abend wieder Richtung Curitiba aufzubrechen. Doch vorher möchte ich der kleinen Stadt die Chance geben, sich vorzustellen. Ich verlasse den winzigen Bahnhof, an dem Tag für Tag unendlich scheinende Güterzüge mit Fracht aller Art Richtung Küste vorbeidampfen. Und eben der kleine Touristenexpress Serra-Verde. Der Zwerg im Zugkabinett. Ich betrete einen kleinen, mit Palmen gesäumten Platz. Schon die ersten Schritte zeigen das koloniale Erbe des geschichtsträchtigen Ortes im Regenwald. Morretes ist das Zentrum der Serra da Graciosa und wurde 1721 am Ufer des Rio Nhundiaquara gegründet. Ihr Aufstieg begann im 18. Jahrhundert mit dem Anbau von Zuckerrohr, Bananen, Ingwer und der Produktion des berühmten Cachaça (Zuckerrohrschnaps). Diese Waren wurden von hier ins ferne Portugal verschifft und verhalfen dem Städtchen zu einigem Wohlstand. Dieser Wohlstand von damals ist bis heute in Form der kolonialen Architektur spürbar. Ich schlendere durch die Gassen des historischen Stadtkerns. Prunkvolle, pastellfarbene Stadtvillen mit barocken Elementen. Kleine, bunte Häuser mit Rundbogenfenstern und typisch portugiesischen Azulejos, kunstvoller Kacheldekoration. Der Baustil ist unverkennbar mit dem Mutterland verbunden und wäre der Regenwald nicht, könnte man meinen, durch eine portugiesische Kleinstadt zu laufen. Ich bin verliebt. Ich erreiche den Fluss, den Rio Nhundiaquara. Lebensader von Morretes und ein wunderbares Fleckchen Erde, um innezuhalten und sich der Schönheit dieses Ortes bewusst zu werden. Das Ufer ziert eine zartgelbe Ufermauer, Kinder planschen im hüfthohen Wasser und eine Handvoll stoischer Angler sitzt unter den Schatten spendenden Palmen. Hier befinden sich einige kuschelige Cafés und Restaurants mit südeuropäischem Flair. Ich esse ein typisches Gericht aus dieser Gegend in der Villa Morretes. Die Barrcado ist ein kräftiger Eintopf, bestehend aus Rindfleisch, Zwiebeln, Tomaten, Essig und Knoblauch. Serviert wird das Gericht traditionell mit einem Brei aus Farinha de Mandioca (Maniokmehl), süßen Bananen,

Orangenscheiben und Reis. Auf den ersten Blick gewöhnungsbedürftig, aber richtig lecker.

Frisch gestärkt ziehe ich weiter durch die Stadt. Ich fühle mich so wohl, dass ich spontan entscheide, einige Tage länger hier zu verbringen. Das ist für mich ein wichtiger Aspekt auf Reisen. Zu bleiben, wo es mir gefällt, statt von einem Ort zum anderen zu hetzen. Ich mache mich auf die Suche nach einem Hostel. Morretes ist aufgrund seiner Lage etwas teurer als der brasilianische Durchschnitt, aber ich finde mit dem Pousada e Hostel Vovó Idalina eine nette, preiswerte Unterkunft in einem Randbezirk. Ich bekomme einige Tipps für die Umgebung von Diego, dem das Hostel gehört.

Ich interessiere mich besonders für den Marumbi Nationalpark. Was sich anhört wie ein afrikanischer Safaripark, ist in Wahrheit ein Naturparadies inmitten des atlantischen Regenwaldes Serra do Mar nahe Morretes. Überzogen mit grünen Bergen, tiefen Schluchten (hier befindet sich der fünfttiefste Canyon der Welt) und einigen beeindruckenden Wasserfällen. Da möchte ich unbedingt hin.

Am nächsten Morgen geht es bereits um 6 Uhr los. Die Sonne schiebt sich langsam hinter den Berggipfeln hervor, die sich noch in undurchsichtige Nebel hüllen. Morretes liegt verschlafen da. Nur vereinzelt sind Menschen unterwegs. Ich begebe mich zur Plaza, um auf mein Taxi zu warten. Den Nationalpark selbst erreicht man nur mit dem Auto. Ich habe vorgesorgt und den Abend zuvor mit einem Taxifahrer aus dem Ort die Fahrt vereinbart. Und siehe da, zwar zehn Minuten zu spät, aber er kommt. In Südamerika weiß man nie. Nach kurzer Preisverhandlung (50 Reales = 15 EUR) geht es los in Richtung Marumbi. Der Parkeingang liegt etwa zehn Kilometer außerhalb der Stadt. Auf der Fahrt sieht man in der Ferne den Gipfel des Pico Marumbi, dem mächtigen Wächter dieser Gegend. Über eine unbefestigte Straße mit etlichen Schlaglöchern, für die ein Fahrzeug mit Allrad Antrieb wesentlich nützlicher wäre, hüpft das Taxi Stück für Stück über Stock und Stein. Die Stoßdämpfer leiden und geben quietschende Geräusche von sich. Nach zehn Minuten erreichen wir ein kleines Besucherzentrum, den Startpunkt meiner Wanderung. Hier empfängt mich ein junger, aufgeschlossener Mitarbeiter, der mir einiges über den Park und die verschiedenen Möglichkeiten zum Wandern erzählt. Ich entscheide mich für den Caminho do Itupava, einem 16,5 Kilometer langen, alten Indianerpfad, der quer durch den Park bis an den Rand der Großstadt Curitiba führt. Die Natur im Park beeindruckt mich sofort. Ich wandere unter einem Dach aus Blättern vorbei an LKW-Reifengroßen Farngewächsen und mit leuchtenden Blumen, Moos und Lianen bewachsenen Urwaldriesen. Prachtvolle Schmetterlinge in allen erdenklichen Farben und Größen flattern über, neben und hinter mir. Immer wieder bleibe ich stehen, um die fleißigsten Urwaldbewohner, die Ameisen, zu beobachten. Ich halte dabei aber respektvoll Sicherheitsabstand, denn hier leben die tropischen Riesenameisen, auch 24-Stunden Ameisen genannt. Diese kleinen Tierchen können durch ihren Stachel den schmerzhaftesten Insektenstich (der bis zu 24 Stunden andauert) bei Menschen hervorrufen. Bei einigen Stämmen im Amazonasgebiet gibt es ein Ritual, bei dem sich heranwachsende Jungs einen mit Ameisen gefüllten Handschuh überstülpen. Diese Mutprobe macht sie vom Jungen zum Mann, so die Legende. Autsch! Dann bleibe ich doch lieber jung.

Die Hitze und Luftfeuchtigkeit wird von Minute zu Minute, mit jedem anstrengenden Schritt drückender. Mein Kopf glüht und der Schweiß läuft mir in Strömen durch das Gesicht. Zum Glück ist ein kleiner Bach nicht weit. Ich fülle meine Trinkflasche auf und gieße mir eine ordentliche Portion Wasser über. Kurzzeitige Abkühlung. Ein betagtes Schild macht mich auf den Caminho do Itupava aufmerksam. Rechts lang. Ich erklimme eine alte, knirschende Holztreppe. Während der Weg zuvor breit und staubig war, ist dieser hier eng, feucht, dunkel und matschig. Nur wenig Licht dringt durch die Baumkronen. Spinnennetze von beachtlichem Ausmaß versperren mir immer wieder den Weg. Manche spüre ich erst, wenn ich sie im Gesicht kleben habe. Es reicht. Eine Waffe muss her. An einer kleinen Lichtung schnappe ich mir einen kräftigen Ast. Mit diesem bahne ich mir den Weg durch den Dschungel, sende nach jedem zerstörten Netz eine Entschuldigung in Richtung der achtfüßigen Baumeister. Ich komme mir vor wie Indiana-Jones. Es geht bergauf. Ich höre nur noch meinen keuchenden Atem und die Geräusche des Regenwaldes. Knarzende Bäume, raschelnde Rankpflanzen, das Surren der Moskitos, die Schreie der Brüllaffen und das unentwegte, laute Zirpen der Zikaden. Ich überquere wacklige Hängebrücken, hangele mich über am Boden liegende Baumskelette und springe über moskitoverseuchte Wasserlöcher.

Apropos Moskitos – ein ordentlicher Mückenschutz ist hier enorm wichtig. Die lästigen Biester sind verdammt noch mal überall. Der kleine Pfad ist nun fast zugewachsen und ich komme nur mühsam voran. Vieles erinnert mich an botanische Gärten, nur ohne Gewächshaus. Bevor ich das erste Mal den Dschungel betrat, hatte ich die Vorstellung von Affen, die sich von Baum zu Baum schwingen. Von meterlangen Schlangen, die meinen Weg entlang huschen. Bilder von Tapiren und Jaguaren hatte ich im Kopf. Die harte Wahrheit ist, dass man im Dschungel selten etwas Anderes als Insekten, Bäume und Pflanzen sieht. Aber allein die Möglichkeit, diesen Tieren zu begegnen macht den Reiz und das Abenteuer aus. Die Umgebung hat für mich etwas Meditatives. Das viele Grün, die Klänge der Natur und die Fokussierung auf das Jetzt und Hier.

Ein umgefallener Baumriese blockiert den Pfad und zwingt mich, einen kleinen Umweg zu machen. Ich bin zögerlich, aber ich kann sehen, dass ein Pfad seitlich des Stamms ausgetreten ist. Also waren hier schon mal Menschen. Laut des Parkwächters soll ich mich immer an den Bachlauf halten, um die Orientierung nicht zu verlieren. Der neu eingeschlagene Pfad scheint endlos und selbst nach einer Stunde gibt es keine Spur vom Bach. Eine leichte Panik kommt in mir auf, als ich vor mir nur noch tiefen Matsch und dichtes Blätterwerk habe. Ein Weg ist nun nicht mehr erkennbar. In einer Sekunde wird dieser schöne, exotische Dschungel, den ich bisher so genossen habe, zu einem sehr beängstigenden Ort. Ich wende mich nach links, doch mit jedem Schritt setzt der Zweifel ein. Ich versuche es mit dem GPS auf meinem Smartphone, aber es gibt keine Verbindung. Shit. Ruhig bleiben. Im Inneren fange ich instinktiv an, meine Überlebensoptionen zu bedenken. Ich bin noch fit. Ich habe noch etwas Wasser und knapp sechs Stunden Tageslicht. Früher oder später sollte ich doch zu einem Punkt kommen, an den ich mich wieder erinnere. Umdrehen wird das Beste sein. Ich kämpfe mich zurück durch das Dickicht, spule in meinen Gedanken den Weg zurück und so langsam aber sicher erkenne ich kleinere Merkmale wieder. Farben von Blüten, umgefallene Stämme und einen zurückgelassenen Ast, mit dem ich die Spinnenweben bekämpft habe. Endlich bekomme ich einen Blick auf den Bach. Ich überprüfe schnell den Fluss des Wassers: Es geht stromabwärts. Bingo! Nun kann der Hauptpfad nicht mehr weit sein. Ein Gefühl der Erleichterung überkommt mich. Einige Minuten später bin ich wieder auf dem Caminho do Itupava. Der Pfad führt mich weiter über eine heruntergekommene, fensterlose Bahnstation. Efeuähnliche Kletterpflanzen haben das Bauwerk in Besitz genommen. Nach wenigen Kilometern gesellt sich zu den mittlerweile vertrauten Geräuschen des Urwaldes ein Rauschen, welches Schritt für Schritt lauter wird. So klingt nur ein Wasserfall. Ich beschleunige meinen Schritt und erreiche den Salto dos Macacos, den Wasserfall der Affen. Von denen ist nichts zu sehen, aber dafür der 30 Meter hohe Wasserfall, der sich in kleine graue Steinbecken ergießt. Ich reiße mir meine klebenden Klamotten vom Körper und nehme ein erfrischendes Bad. Der perfekte Abschluss einer aufregenden, aber faszinierenden Wanderung.

Daniel Tischer bereist seit 9 Jahren regelmäßig Lateinamerika und legt dabei viel Wert auf langsames Reisen. Er möchte möglichst viel von den Ländern und Kulturen einfangen, sie fühlen, schmecken und riechen, mit den Menschen vor Ort in Kontakt kommen, andere Lebensweisen erfahren und neue Pfade betreten. Über seine Reisen berichtet Daniel auf seinem Reiseblog.

www.southtraveler.de

KAPITEL 9

Autostopp-Abenteuer an der Grenze von Botswana nach Namibia

Von Michaela Gruber

"Träume nicht dein Leben,
lebe deinen Traum."

Botswana & Namibia, Februar 2016

Jäh wurde ich von meinem Wecker aus dem Schlaf gerissen. Als ich diesen schlaftrunken abstellte, musste ich erst einmal kurz überlegen, wo ich war. Es schien draußen noch stockdunkel zu sein und meine Uhr zeigte 4 Uhr morgens an. Ich drehte meinen Kopf nach rechts und sah eine junge Chinesin neben mir im Zelt liegen. Schön langsam kamen die Erinnerungen wieder. Ich befand mich gerade in Botswana in einem Ort namens Maun. Gemeinsam mit der jungen Chinesin, die ich vor einigen Tagen im Bus getroffen hatte, campte ich hier im Old Bridge Backpackers Camp. Ja, so geht es mir immer wieder bei meinen Langzeitreisen. Fast jeden Tag verbringe ich an einem anderen Ort, da kann es schon vorkommen, dass ich mich nach dem Aufwachen erst einmal orientieren muss. Aber genau das liebe ich so – jeder Tag bringt etwas Neues. Kein Tag ist wie der andere. Es ist also gar nicht so wie zu Hause, wo man meist im Vorhinein schon weiß, was der Tag so bringen wird.

Leise öffnete ich den Reißverschluss des Zelteingangs. Meinen Rucksack hatte ich bereits gestern gepackt. Ich schnappte ihn mir gemeinsam mit dem Schlafsack und der Unterlegmatte. Dann schloss ich den Reißverschluss so geräuschlos wie möglich wieder. Von der Chinesin hatte ich mich gestern schon verabschiedet. Sie war eigentlich ganz lieb, aber so ganz auf eine Wellenlänge kam ich mit ihr nicht. Der chinesische Humor schien sich von dem meinen grundlegend zu unterscheiden. Aber das machte ja nichts. So ist das beim Reisen eben –

tagtäglich lernt man Leute aus den unterschiedlichsten Kulturen und mit den verschiedensten Weltanschauungen kennen. Genau das ist ja das spannende am Reisen.

Vor dem Zelt war ein Maschendrahtzaun. Dahinter ging es eine steile Böschung bis zu einem Fluss hinab. Ich stand vor dem Zelt und genoss die fast schon magische Stille hier. Von einem lauten 'Platsch' wurde ich aus meiner Ruhe gerissen. Es kam vom Fluss, aber es war einfach noch zu dunkel, um erkennen zu können, was genau es war. Vermutlich ein Krokodil. Ja, in diesem Fluss tummelten sich tatsächlich nicht wenige Krokodile. Der Besitzer des Camps beklagte sich gestern bei mir, dass eines davon seinen Hund letzte Woche verspeist hatte. „Wow", dachte ich mir bloß. Vor einem Jahr hätte ich mir niemals erträumen lassen, dass ich irgendwo mitten in Afrika völlig alleine mit meinem Rucksack herumreisen und dann auch noch an einem Fluss mit Krokodilen campen würde.

Aber gut, nun musste ich los. Ich wollte an diesem Tag nach Namibia weiterreisen. Wenn möglich wollte ich es sogar bis zur Hauptstadt Windhoek schaffen. Ich wurde aber bereits vorgewarnt, dass es mit den öffentlichen Verkehrsmitteln nicht so rosig aussehen sollte.

Ich machte mich also auf den Weg. Um kurz nach fünf saß ich bereits in einem Bus nach Ghanzi. Ich war die einzige weißhäutige Person im Bus, aber das war ich mittlerweile schon gewohnt. Da die Afrikaner generell ein sehr redseliges Volk sind, wurde mir bis jetzt noch nie langweilig auf den langen Busfahrten. Ich war müde, jedoch war die Fahrt viel zu aufregend, um zu schlafen. Ich konnte es kaum fassen, als dann sogar ein Elefant mit seinem Nachwuchs am Wegrand stand. In Sachen Wildtiere gehörte Botswana für mich eindeutig zu den Favoriten. Selten habe ich so viele wilde Tiere in freier Wildbahn gesehen – ganz ohne Safari.

In Ghanzi stieg ich an einer Tankstelle aus. Dort sollte ich ein wenig herumfragen, ob es einen Transport an die namibische Grenze geben würde, meinte der Busfahrer. Na, dann hoffte ich mal, dass ich Glück haben würde. Die Leute hier schienen aber leider nicht besonders redselig. Ich beschloss mir erstmals ein Frühstück zu kaufen. Irgendwie konnte mir niemand richtig Auskunft geben. Ich war schon recht verzweifelt, da ich wusste, dass der Weg bis nach Windhoek noch weit war. Sobald wieder ein Auto zum Tanken ankam, lief ich darauf zu und fragte, ob sie denn zufällig zur Grenze fahren würden – mit wenig Erfolg.

Nach über einer Stunde kam ein Bus an. Ich hatte wenig Hoffnung, aber siehe da, der Busfahrer meinte doch tatsächlich er würde mich direkt an die Grenze bringen – als Freundschaftsakt sozusagen. Ich konnte es kaum glauben. Nun war ich wieder guter Dinge, tatsächlich noch bis nach Windhoek kommen zu können.

Der Bus wurde immer voller und voller. An jeder Haltestelle kamen wieder ein paar Leute, Gemüsesäcke, lebende Hühner und Hausrat dazu.

Immer wenn ich dachte, dass nun aber wirklich nichts und niemand mehr Platz hat, kam wieder jemand beziehungsweise etwas hinzu. Es war schrecklich heiß und stickig im Bus. Der Schweiß tropfte mir regelrecht von der Stirn. Als ich jedoch das Fenster öffnete, drehte sich die vor mir sitzende Dame sogleich wütend zu mir um und deutete auf ihr Baby. So oder ähnlich ging es mir schon öfter auf Busfahrten in Afrika. Es scheint so, als würde die Menschen hier die Hitze nicht so stören, wie mich als Europäerin. Aber wie dem auch sei, ich war immerhin der Gast hier im Land und musste mich deshalb auch anpassen.

Nach einigen Stunden wurde der Bus schon langsam leerer. Nach und nach stiegen die Leute wieder aus. Irgendwann war ich dann der einzige Fahrgast. Der Busfahrer stoppte an einer Tankstelle. Er sah mich erwartungsvoll an. Ich sah weit und breit keine Grenze. Dann stammelte er plötzlich irgendwas davon, dass er sich nicht besonders gut fühlen würde, deshalb könnte er mich doch nicht dorthin bringen. Aber es wären eh nur noch acht Kilometer.

Mir blieb also nichts anderes übrig als auszusteigen. Die Gegend sah wüstenähnlich aus. Die Luft flimmerte vor Hitze. Ich nahm meinen Rucksack auf den Rücken und wanderte zu dem kleinen Laden, der bei der Tankstelle war. Als ich die Frau an der Theke fragte, wie ich denn von hier aus am besten zur Grenze kommen könnte, schaute sie mich entgeistert an. Öffentliche Verkehrsmittel gibt es dorthin keine, klärte sie mich auf. Ich sollte doch bei den ankommenden Autos nachfragen, ob sie zufällig dorthin fahren würden. Da das die letzte Tankstelle für die nächsten paar hundert Kilometer sei, würden hier sowieso alle noch einmal tanken, erklärte sie mir.

Ich trat wieder hinaus ins Freie und suchte mir ein schattiges Plätzchen. Dort setzte ich mich auf meinen Rucksack und wartete. Es kamen drei Autos fast zeitgleich an. Eins davon war leider komplett voll. Ich lief also auf die anderen zwei zu. Beide Fahrer verneinten meine Frage, ob sie denn zur Grenze fahren würden. Nun folgte eine Stunde des Wartens, ohne dass auch nur irgendein Gefährt ankam. Meine einzige Unterhaltung war das Beobachten von fünf afrikanischen Frauen, die etwa 50 Meter von mir entfernt am anderen Ende der Tankstelle saßen und immer wieder lautstark lachten.
Da ich nun auf die Toilette musste, kam ich direkt bei ihnen vorbei. Sie waren augenscheinlich betrunken. Eine von ihnen winkte mich sogleich herbei. Ich sollte mich doch zu ihnen setzen, meinte sie. Ich war zwar gerade gar nicht in Feierlaune, aber was soll's? Was hätte ich denn auch sonst tun können? Die Hoffnung, heute noch mein Ziel zu erreichen, hatte ich schon mehr oder weniger aufgegeben.

Ich wurde natürlich sofort dazu animiert mitzutrinken. Vorsichtig nippte ich an der Flasche, die mir in die Hand gedrückt wurde. Der Alkohol schmeckte ziemlich stark. Die Frauen fragten mich, was um Himmels Willen ich hier in der Gegend allein als junge Frau wollte. Sie meinten zudem, dass diese Grenze nicht besonders befahren ist und ich wahrscheinlich nicht viel Glück haben werde. Als ich ihnen meine Reisegeschichten erzählte, konnten sie es kaum glauben, dass es möglich ist, alleine als Frau durch Afrika zu reisen. Ich war sozusagen die Heldin des Tisches.

Kaum war eine Flasche geleert wurde auch schon die nächste geköpft. Ich nippte bloß immer ein wenig daran. Sich in der brütenden Mittagshitze vollkommen zu betrinken, hielt ich im Moment für keine gute Idee. Außerdem hatte ich großen Hunger. Und siehe da, eine der Damen servierte uns doch glatt ein Mittagessen. Sie ließen es sich nicht nehmen, dieses mit mir zu teilen. Ein großer Teller wurde in die Mitte des Tisches gestellt. Als ich das undefinierbare Zeug näher betrachtete, verging mir plötzlich der Hunger. Es handelte sich nämlich um Kuhgedärme mit Riesendarmzotten. Ich bin in Sachen fremdes Essen normalerweise wirklich sehr probierfreudig, aber bei diesen Darmsachen hört der Spaß für mich dann meistens auf. Alle schauten mich erwartungsvoll an. Na gut, anstandshalber musste ich so ein Teil wohl probieren. Mir drehte es fast den Magen um. Das Zeug wurde noch dazu beim Kauen immer mehr. Mit aller Kraft versuchte ich den Mund nicht zu verziehen. Kaum hatte ich es mir hinuntergewürgt, wollten sie mir schon das nächste Stück andrehen. Freundlich, aber bestimmt lehnte ich ab.

Es verging wieder viel Zeit – zumindest kam es mir endlos lange vor – bis das nächste Auto ankam. Eine etwas betagtere Frau stieg aus. Ich rannte sofort auf sie zu und fragte hoffnungsvoll, ob sie denn nicht zufällig an die Grenze fahren würde. Leider war dem nicht so. Als die Gute meine Enttäuschung sah, bot sie mir an mich für etwas Kleingeld dorthin zu fahren. Dem Himmel sei Dank!

Die äußerst freundliche Dame ließ mich an der Grenze aussteigen. Ich schaute mich um. Keine Menschenseele war zu sehen. Die Gegend wirkte wüstenähnlich und kahl. Es war fast unerträglich heiß. Ich ging auf den Grenzposten zu. Noch immer war niemand zu sehen. „Hello?", rief ich vorsichtig. Nichts. Nachdem ich ein weiteres Mal gerufen hatte, kam ein grauhaariger Afrikaner mit riesigem Bierbauch um die Ecke geschlendert. Seinem Gesichtsausdruck nach hatte er wohl gerade geschlafen. Ich streckte ihm meinen Pass entgegen. Er brauchte für jeden Handgriff unwahrscheinlich lange. Auf meine Frage hin, ob denn hier öfters Autos vorbeikommen würden, schüttelte er bloß den Kopf. Das waren ja wieder einmal gute Aussichten.

Nun hieß es den Grenzposten der namibischen Seite suchen. Doch es war kein weiteres Gebäude weit und breit zu sehen. Da schrie mir der Grenzbeamte auf einmal nach, dass ich nun zwei Kilometer gehen müsste. Am Ende kam sogar noch ein „Good luck" nachgerufen. Ja, das werde ich auf alle Fälle brauchen.

Ich quälte mich also mit meinem viel zu schweren Rucksack in der brütenden Hitze bei etwa 40°C durch das Niemandsland. Kein einziges Gefährt kam mir entgegen.

Endlich an der namibischen Seite angekommen, musste ich feststellen, dass auch hier alles recht ausgestorben wirkte. Aber wenigstens schien der

Grenzbeamte etwas motivierter zu sein. Als alle Formalitäten erledigt waren, musste ich noch zur Polizeikontrolle. Die zwei Polizisten hielten gerade ein Nickerchen im Schatten eines Baumes. Sie nahmen ihre Arbeit wohl sehr ernst, denn mein Rucksackinhalt wurde genauestens geprüft. Als ich sie fragte, wie ich denn von hier aus am besten nach Windhoek käme, schauten sie mich entgeistert an. Dann meinte der eine, dass, wenn ich ein Riesenglück hätte, heute vielleicht noch ein LKW die Grenze passieren würde. Das waren ja wieder einmal tolle Aussichten. Ich gesellte mich zu ihnen in den Schatten.

Wie schon so oft auf meiner Reise, war ich wieder einmal in einer Situation, aus der mich wohl wirklich nur ein Wunder retten konnte. Und siehe da, keine 30 Minuten später kam doch wirklich ein LKW an. Es war wohl eher ein Truck, denn das Ding war riesig. Der Fahrer sah etwas unheimlich aus. Ich sprach ihn sogleich an. Er erzählte mir, dass er Südafrikaner sei und gerade auf dem Weg nach Gobabis war.

Gobabis liegt zwar nur auf halber Strecke nach Windhoek, aber immerhin würde ich meinem Ziel somit näher kommen. Und hier an der Grenze zu schlafen, erschien mir auch als keine gute Lösung. Ganz geheuer erschien mir der Kerl zwar nicht, doch im Moment hatte ich keine große Wahl. Sicherheitshalber fragte ich die Polizisten noch, wie ihnen der Typ so vorkomme. Sie erwiderten, dass er ganz okay aussehe. Na gut, Augen zu und durch. Normalerweise gehöre ich wirklich nicht zur ängstlichen Gattung Mensch, aber aus irgendeinem

Grund fand ich den Fahrer etwas zum Fürchten.

Ich saß also neben ihm in dem riesigen Truck. Er schien nicht besonders gesprächig zu sein und zündete sich eine Zigarette nach der anderen an. Nach einer Weile fragte er plötzlich, ob ich Lust hätte einen Film anzuschauen. Er hätte einen kleinen tragbaren DVD-Player mit dabei. Hörte sich gut an. Als ich seine DVDs durchschaute, bemerkte ich, dass etwa die Hälfte davon Pornos waren. Erneut stieg ein mulmiges Gefühl in mir hoch. Ich legte sie beiseite und meinte, dass ich doch lieber lesen würde.

Eine weitere halbe Stunde verging ohne irgendwelche Gespräche. Auf einmal fragte er, ob es denn okay für mich wäre, wenn er sein T-Shirt ausziehen würde. Ach du lieber Himmel! Ich nickte bloß nervös. Was hätte ich denn sagen sollen? Wenn er wirklich ein verrückter Krimineller gewesen wäre, dann hätte er sowieso machen können, was er will.

Nach ungefähr einer Stunde Fahrt ohne weiterer Vorkommnisse stoppte er plötzlich. Der Truck hätte ein technisches Problem, meinte er. Mir lief ein kalter Schauer den Rücken hinunter. Das alles erinnerte mich gerade an irgendeinen schlechten Horrorfilm.

Der Typ stieg aus. Ich konnte im Rückspiegel sehen, wie er am Gefährt herumzuschrauben begann. Nach etwa 20 Minuten kam er schweißüberströmt und mit einem breiten Lächeln im Gesicht zurück. Es wäre nun alles repariert, meinte er. Ein Gefühl der Erleichterung überkam mich. Vielleicht hatte ich mich doch getäuscht und der junge Mann war eigentlich ganz lieb. Wir führten letztendlich sogar noch ein paar richtig nette Gespräche.

Er fragte mich dann noch, wie ich denn von Gobabis nach Windhoek kommen wolle. Na Autostoppen, sonst gäbe es hier nicht viel an öffentlichen Verkehrsmitteln, erwiderte ich. Er erklärte mir, dass das viel zu gefährlich sei und er mich keinesfalls einfach irgendwo absetzen wollte. Er würde mir dabei helfen einen weiteren LKW zu stoppen, da er der Meinung sei, LKW-Fahrer wären gute Menschen. Als ich erwiderte, dass das doch gar nicht nötig wäre, bestand er aber trotzdem darauf.

Und wirklich, der Gute wartete ernsthaft mit mir am Straßenrand, um eine weitere Mitfahrgelegenheit zu finden. Was für eine gute Seele! Und ich hatte ihm zuvor ernsthaft Böses zugetraut. Nun hatte ich fast ein schlechtes Gewissen. Im Endeffekt war es ein herzensguter Kerl. Wieder einmal zog sich das Warten sehr in die Länge. Erst nach einer knappen Stunde kam ein LKW angefahren. Er stoppte. Zwei junge Afrikaner saßen darin. Zu meinem großen Glück waren sie doch glatt auf dem Weg nach Windhoek. Ich konnte es gar nicht fassen.

Die beiden meinten, es wäre eigentlich verboten, zu dritt in einem LWK zu fahren, doch wenn ich mich hinter ihren Sitzen in dem Bett verstecken würde, könnten sie mich mitnehmen. Gesagt getan. Ich verabschiedete mich herzlich von meinem vorigen Fahrer. Mittlerweile wurde es schon dunkel. Ich konnte mir gerade gar nichts Gemütlicheres vorstellen, als auf dieser kleinen Matratze hinter den

Fahrersitzen zu relaxen. Mit den zwei Afrikanern hatte ich ein gutes Gefühl.

Ich hatte mir für Windhoek bereits vor ein paar Tagen einen Couchsurfing-Gastgeber organisiert, welcher im Stadtzentrum wohnte. Meine zwei Fahrer mussten aber das Zentrum von Windhoek eigentlich gar nicht passieren, da für sie die Fahrt noch weiter ging. Ich machte ihnen also den Vorschlag, dass sie mich gerne irgendwo am Stadtrand absetzen könnten, ich würde schon irgendwie ins Zentrum kommen. Doch da spielten sie nicht mit. Keinesfalls wollten sie mich mitten in der Nacht am Stadtrand absetzen. Sie fuhren also mit ihrem riesigen Truck extra für mich mitten ins Zentrum und vergewisserten sich dann auch noch, dass ich von meinem Gastgeber – einem superlieben Piloten – abgeholt wurde.

Was für ein Tag! Er brachte mir unvergesslich schöne Bekanntschaften und zeigte mir zudem, dass man manchmal einfach auch an das Gute im Menschen glauben und nicht immer gleich vom Schlimmsten ausgehen sollte. Außerdem war der heutige Tag wieder einmal ein gutes Beispiel für den ganz normalen Backpacker-Alltag: Nur allzu oft kommt man in brenzlige, schier ausweglos erscheinende Situationen, aus denen man aber dann letztendlich doch immer wieder – wie durch ein Wunder – gerettet wird.

Mein Name ist **Michaela Gruber** ich und komme aus einem kleinen Örtchen inmitten der Alpen Österreichs.
Von der Neugier auf die große weite Welt und der Lust auf Abenteuer getrieben, machte ich mich dann Ende September 2015 auf zu meiner großen Open-End Weltreise. Ich kündigte meinen Job, löste meine Wohnung auf und verkaufte mein Auto. Nur mit meinem Rucksack ausgestattet flog ich ganz alleine in das Herz Afrikas – Uganda. Ganze sechs Monate reiste ich von Uganda bis nach Südafrika – alles über den Landweg und mit öffentlichen Transportmitteln. Noch nie hatte ich so viel Lebensfreude und

Gastfreundschaft erfahren wie in diesen Ländern. Ich verlor regelrecht mein Herz an Afrika.

Dieser Text ist ein Auszug aus meinem ersten Buch *Einmal um die Welt – Allein als junge Frau durch Afrika.* Damit möchte ich Menschen zum (allein) Reisen animieren, wertvolle Tipps und Ratschläge mitgeben und zu guter Letzt auch an meinen abenteuerlichen Reisegeschichten abseits der abgetretenen Touristenpfade in Afrika teilhaben lassen.

Das ganze Buch, sowie weitere Reisegeschichten von mir, findest du auf *Michi um die Welt.*

www.michiumdiewelt.com

KAPITEL 10

Kindheitstraum:
Auf Safari in Südafrika

Von Jenny Lewe &
Pascal Held

“Eines Tages wirst du aufwachen und keine Zeit mehr haben für die Dinge, die du immer wolltest. Tu sie jetzt!”

Paulo Coelho

Wenn Träume wahr werden…

Einmal im Leben eine Safari in Südafrika machen – das war unser Kindheitstraum!

Wir machten ihn wahr!

In unseren Vorstellungen und Gedanken träumten wir schon lange davon, wilde Tiere in ihrem natürlichen Lebensraum entdecken und beobachten zu können.
Völlig frei, ruhig, nur die Natur, die Tiere und wir. Das muss atemberaubend sein.

Sowohl bei Pascal als auch bei mir begann dieser Traum schon viele Jahre bevor wir uns überhaupt kannten. Genau genommen im Kindergarten. Es ist wohl kaum zu leugnen, dass der Film *König der Löwen* einen erheblichen Teil dazu beigetragen hat. Eigentlich können wir uns kaum ein Kind aus den 90ern vorstellen, das nicht mindestens ein Mal einen Gedanken daran verloren hat, Simba & Co live zu sehen.

Über die Jahre hat uns dieser Wunsch nie losgelassen und ist mit unserer Beziehung gewachsen. Besonders seit 2016 – in dem Jahr starteten wir unsere Weltreisepläne – war der Drang, den Traum zu verwirklichen, stärker denn je. Ab jetzt war es nicht mehr nur ein Gedanke, die Vorstellungen waren stattdessen plötzlich greifbar nah.
Nur wann der Traum wahr werden sollte, war noch offen, da wir unsere Weltreise völlig spontan und ohne feste Route gestalteten. Es gab lediglich den

klassischen Oneway-Flug nach Bangkok.

Nun lag es an uns, den Traum wirklich zu leben!

„Ich weiß, dass Träume nur in Erfüllung gehen, wenn man selbst etwas dafür tut."
Morgan Freeman

Unser Bauchgefühl hat entschieden

Mit dem Start unserer Weltreise im Januar 2017 hat es ganze elf Monate gedauert, bis wir diesen Traum tatsächlich umsetzten. Er war, ehrlich gesagt, durch die vielen Eindrücke in Südostasien und Europa komplett in den Hintergrund geraten. Eigentlich ist es komisch, dass man oft dazu neigt, insbesondere seine tiefsten Wünsche hinten anzustellen. Neun Monate haben wir nicht einen einzigen Gedanken daran verloren.

Im September waren wir in den Niederlanden auf einem kleinen Segelboot. Dort haben wir drei Wochen im Hafen von Hindeloopen gewohnt. Eine Zeit, in der wir uns viele Gedanken gemacht haben. Wie geht unsere Reise weiter? Geht sie überhaupt weiter? Und wenn ja, wohin? Unsere Reisegedanken waren überall – nur nicht bei unserem sehnlichsten Wunsch. Fast zwei Wochen quälten wir uns mit der Entscheidungsfindung.

Bei Sonnenuntergang saßen wir eines Abends auf dem Heck des kleinen Segelschiffes *Miss Marple*, starrten über den Hafen auf den Horizont und waren einfach still. Zu viel hatten wir die letzten Tage überlegt und diskutiert. Wir waren leise und genossen die Ruhe. Bis Jenny plötzlich verträumt „Südafrika“ sagte!

Mit diesem einen Wörtchen war die Entscheidung wie aus dem Nichts gefallen. Wir mussten nicht lange darüber sprechen oder gar abwägen. Es war schlichtweg das richtige Bauchgefühl. Wir fingen mit voller Freude an zu planen und verloren uns erneut in unseren Kindheitsträumen. Es fühlte sich sofort zu hundert Prozent richtig an.

Heute wissen wir, dass uns die Angst vor den vermeintlich hohen Kosten zurückgehalten hat, unseren Traum zu leben. Die Gedanken sind aber völlig unbegründet! Du bist selbst dafür verantwortlich, was du aus deiner Reise machst. Alles ist möglich – auch wenn es nicht immer einfach ist. Wie heißt es so schön: „Einfach ist am schwersten!“

Safari-Time: Erwecke das Kind in dir

Wir haben von einer Safari in Südafrika geträumt. Nun waren wir endlich da! Im weltbekannten Kruger National Park.
Aber welche Erwartungen hatten wir an dieses Erlebnis - und konnten sie erfüllt werden?

Eins ist klar, wir hatten jede Menge Bilder im Kopf. Man hatte über die Jahre ja schon einiges gelesen, Dokumentationen gesehen oder sich bei anderen Reisebloggern und -vloggern Inspiration geholt. Natürlich hatten wir die typischen Bilder der ‘Big

Five' (Elefant, Nashorn, Büffel, Löwe, Leopard) vor Augen. Vor allem der Löwe hatte es uns beiden angetan. Das ist es doch, was man auf einer Safari sehen will – am besten noch laufend, jagend oder fressend. Wir würden lügen, wenn dem nicht so gewesen wäre. Die Erwartungen waren dementsprechend hoch.

Eine Safari ist jedoch viel mehr als 'nur' einen Löwen oder die Big Five zu entdecken - was an sich schon eine ganz spezielle Erfahrung ist, zumal der Löwe seit meiner Kindheit zu meinen Lieblingstieren gehört. Auch Nilpferde gehören zu dieser Kategorie meiner ganz besonderen Favoriten. Eine Begegnung in freier Wildbahn wäre ein absolutes Highlight meines bisherigen Lebens!

Sobald du auf Safari bist, spürst du diesen unglaublichen Spirit. Du bist zwar im Hinterkopf tatsächlich ständig auf der Suche nach einem dieser großen Tiere aus deinen Träumen, du wirst aber von Minute zu Minute aus deiner 'großen Suche' herausgerissen, weil du so viele spannende und neue Dinge siehst, die du bisher nur von Fotos oder Bildschirmen kennst. Damit meinen wir nicht nur Tiere, sondern auch die gesamte Umgebung, Atmosphäre, Geräuschkulisse und die einzigartige Natur. Du bist jederzeit voll im Hier und Jetzt. „Was passiert da gerade? Hast du das auch gehört? Siehst du die Bewegung da hinten? Was könnte das sein? Sei mal still! Stopp, fahr langsam. Guck mal da – was ist das? Hörst du das Rascheln? Genau in diesen Momenten erweckst du das Kind in dir und stehst inmitten deiner eigenen Träume. Gleichzeitig konzentrierst du dich voll und ganz auf das, was gerade passiert. Du hast keine anderen Gedanken im Kopf. Keinen einzigen. Du kannst komplett abschalten und bist einfach an diesem tollen Ort: völlig frei, ruhig, nur die Natur, die Tiere und du, also wir – und das Kind in dir.

Als Kind haben wir beobachtet, auf Bewegungen und Geräusche geachtet, die Umgebung wahrgenommen, sie so genommen, wie sie ist – wir haben gelernt.
Genau das ist auch Safari! Du erfährst und lernst so viel über die Tiere, die Natur, aber auch über dich selbst. Es ist völlig egal, ob du einen Löwen siehst, denn das große Ganze ist der pure Wahnsinn. Du fühlst das Leben. Frei und wild. Du spürst das Kind in dir. Du spürst dich. Unbeschreiblich.

Unvergessene Erlebnisse

Von insgesamt vier Safaris haben wir drei im Kruger National Park gemacht. Der Park hat es uns direkt angetan. Er ist mit 19.485 km² so unglaublich riesig: etwa 380 km lang und ungefähr 60 km breit. Da wird einem auch bei drei Safaris nicht langweilig. Gesehen haben wir in den drei Tagen ausschließlich den südlichen Teil des Parks. Man fährt nie schneller als 30 km/h durch den Park, da kann sich eine Strecke von 60 Kilometern schon mal ganz schön ziehen. Aber bereits der Süden hat uns mit der vielseitigen Vegetation extrem verblüfft. Diese unendlichen Weiten sind unbeschreiblich. Überall ist Leben. Allein das Gefühl zu wissen, dass über die gesamte Fläche verteilt wunderbare wilde Tiere in freier Natur herumlaufen, ist überwältigend.

Die Safari begann bei uns mit dem Brechen einer unserer Lieblingskomfortzonen – Ausschlafen. Wer aber ausschläft, der verpasst das Beste. Denn morgens, bei noch milderen Temperaturen, sind die Tiere am aktivsten. Klar, dass wir diese Hürde auf uns nahmen, auch wenn es nicht gerade leicht war. Um 4 Uhr klingelte der Wecker. Keine schöne Zeit. Aber es sollte sich lohnen!

Wir hatten das unheimliche Glück, direkt in den ersten beiden Stunden alle Tiere der Big Five zu sehen:

- eine große Elefanten-Familie an einem Wasserloch

- Nashörner in Kuschellaune

- ein Büffel, der uns die Zunge rausstreckte

- ein entspannter Löwe, wie man ihn sich vorstellt: liegend, über sein Revier wachend, mit einer enormen Präsenz

- ein Leopard, beziehungsweise die weibliche Form – Cheetah – auf elegantem Wege

- und on top: die Überreste einer gerade verzehrten Antilope auf einem Baum (eigentlich kann man sich den Anblick ersparen und dennoch ist es spannend zu sehen, wie die Tierwelt leibt und lebt).

Aber auch alle anderen Tiere lassen dein Herz höherschlagen und zaubern dir ein Dauerlächeln ins Gesicht. Antilopen, die ständig auf der Hut sind und dabei trotzdem so zufrieden erscheinen. Unser Stammspruch zu jedem 'gefährdeten' Tier: „Be careful of the lion!" Pumbas, Giraffen, Krokodile, Wilddogs, Wölfe, Hyänen, Zebras, Riesentrappen, Adler, Kudus, Bambis, Nilpferde, jede Menge bunte Vögel, Affen, Eichhörnchen, Felsenspringer, Schildkröten, Echsen, Strauße, Mistkäfer und einige Jungtiere waren dabei, ebenso wie Skelette. Zu jeder einzelnen Begegnung haben wir unsere ganz persönliche Geschichte, aber drei werden uns auf ewig in Erinnerung bleiben.

1. Unsere erste Entdeckung auf Safari

Wir fuhren am sehr frühen Morgen, um ca. 5 Uhr, am Malane-Gate mit unserem Guide und Host Andrew in den Park. Schon auf dem Weg dorthin verspürten wir eine undefinierbare Aufregung. Endlich waren wir in Südafrika. Auf Safari. Immerhin erfüllten wir uns gerade einen Lebenstraum, da darf man auch mal aufgeregt sein. Eine angenehme Ruhe lag in der Luft, alles rund um den Park schlief noch. Wir wurden selbst gerade erst richtig wach. Voller Vorfreude kauften wir unsere Tickets und stiegen wieder in den Jeep von Andrew. Er war kein gewöhnlicher Guide, er war wie ein Freund. Von der ersten Minute an.

Wir fuhren ca. zehn Minuten in Richtung der unendlichen Weite des Parks, bis die ersten Tiere voller Energie und Lebensfreude an uns vorbei hüpften. Wow, was für ein Moment. Es sah so unfassbar schön aus. Wie ein gemaltes Bild. Jede Menge Impala-Antilopen. In Südafrika. Im Kruger National Park. In dieser beeindruckenden Natur. Und wir mittendrin. Allein schon dieser Augenblick hätte gereicht, wenn man nicht süchtig von dieser Art Begegnungen werden würde und - wie so oft im Leben - immer mehr will. Wir waren sofort hellwach und staunten nur noch. Das war der Einstieg in eine großartige Zeit. Unvergesslich.

2. Brenzlige Situation

Es war unser erster Safari-Tag alleine – auf eigene Faust. Generell ist das kein Problem, wenn man sich an ein paar Regeln hält. Da wir unsere erste Safari am Vortag mit Andrew gemacht hatten, waren wir auch sehr gut vorbereitet. Man darf allerdings nie vergessen, dass man sich im Lebensraum wilder Tiere befindet. In letzter Konsequenz weiß man nicht, wie sie reagieren, wenn sie sich gestört oder gar bedroht fühlen. Wir gehören keineswegs zu den Menschen, die ohne Rücksicht auf Verluste möglichst das geilste Foto erhaschen möchten und dabei Grenzen überschreiten. Wir verhalten uns zurückhaltend, halten den nötigen Abstand, respektieren die Tiere und sind sensibel für den Moment. Und dennoch gab es leider eine Situation, auf die wir auch gerne verzichtet hätten.

Wir sind mit unserem Mietwagen (die kleinste Kategorie) auf einen schmalen Schotterweg abgebogen. Eine Straße, die durchaus befahren werden darf. Trotzdem kam uns der Weg sehr komisch vor, denn er wurde immer schmaler und schmaler. Zumindest wirkte er auf uns seltsam, da wir ohne Allrad-Antrieb und sonstige Annehmlichkeiten unterwegs waren. Trotzdem fuhren wir weiter, schließlich sind andere ja auch schon diesen Weg gefahren. Mittlerweile hatten wir gut die Hälfte der Strecke hinter uns gebracht. Es war ein langer Weg bis zur nächsten größeren Straße, insgesamt ungefähr zwei Stunden, das konnten wir auf unserer Karte sehen. Der schmale Weg war so dicht bewachsen, dass man die Tiere nicht auf Anhieb sehen konnte. Wir wundern uns sowieso immer wieder, wie sich vor allem große und schnelle Tiere in den Dichten der Natur extrem leise, ohne Rascheln oder Bewegung der Pflanzen und damit kaum sichtbar, bewegen können.

So hatten wir plötzlich auf einem etwa drei Meter breiten Weg einen riesengroßen Elefanten rechts neben uns stehen, den wir zunächst überhaupt nicht bemerkten. Ziemlich schnell sahen wir, dass er nicht alleine war. Das machte uns ein bisschen Angst, da es nur den Rückwärtsgang als Fluchtmöglichkeit gab. Weiter vorne kreuzten einige Elefanten bereits den Pfad. Rechts und links neben uns sahen wir nun auch überall schlackernde Ohren oder Rüssel. Wir hatten keine Ahnung, wie viele tatsächlich um uns herum waren und hatten großen Respekt. Pascal fuhr ganz langsam rückwärts und zeigte dem Elefanten, dass wir uns in der Rolle des Schwächeren zurückziehen. So hatte es uns auch Andrew am Tag zuvor erklärt. Außerdem war es unsere einzige Möglichkeit, denn hinter uns sahen wir zumindest keine weiteren Elefanten. Stehenbleiben war in dem mickrigen Auto, mit so vielen Riesen um uns rum, keine Option. Das war echt ein mieses Gefühl. Von der Rückwärtsbewegung fühlte sich jedoch ein weiterer Elefant, auf der linken Seite, der weiter hinten im Dschungel (etwa drei Meter vom Auto entfernt) stand, gestört. Er zeigte uns, im Gegensatz zum Rest der Herde, direkt seinen Unmut. Er bäumte seine Ohren auf, starrte uns regelrecht an und fing an, mit seinem Rüssel Geräusche zu machen, die sich nicht nett anhörten. Außerdem machte er langsame Schritte auf uns zu. Unsere Reaktion darauf war, Gas zu geben. Wir hatten wirklich – nennen wir es – Sorge. Richtig war das bestimmt nicht, aber wir verstanden, was der Dickhäuter wollte – uns verjagen und von den Kleinen fernhalten. Also taten wir, was er wollte.

„Oh mein Gott, was war das?", fragte ich laut atmend. „Darauf hätte ich verzichten können!", antwortete Pascal. Definitiv. Keine schöne Situation. Die uns noch mal mehr verdeutlichte, dass wir uns in einem freien und wilden Lebensraum befanden, der auch gefährlich sein kann. Als wir weit genug von der Herde entfernt waren, führten sie ihren Weg fort und wir warteten eine ganze Weile, bis wir glaubten, sie seien weg.

Respekt den Tiere gegenüber sollte grenzenlos und selbstverständlich sein. Mit dieser Erfahrung waren wir ab nun noch behutsamer unterwegs. Unvergesslich.

3. Lieblingstier in Action

Mein ganz persönlicher Glücksmoment war gekommen. Meine Lieblingstiere, die Hippos, und ich.

Bis dato hatte ich sie schon mehrere Male gesichtet. Selbstverständlich in deren Lieblingsposition: ruhend oder schlafend im Wasser. Das höchste aller Gefühle war, wenn sie kurz auftauchten und mit den Augen, Ohren und Nasenlöchern aus dem Wasser blinzelten. Sie sind nicht zu stressen, das gefällt mir!
Es war unser dritter Safari-Tag, den wir erst spontan am Morgen beschlossen hatten. Wir waren das zweite Mal auf eigene Faust im Park und bereits auf dem Weg zum Ausgang, um den Tag zu beenden. Auf den letzten Metern fuhren wir an einem Gewässer vorbei, in dem ein paar Flusspferde zu Hause waren. „Lass uns noch mal halten. Ich will mich von den Hippos verabschieden!“, sagte ich. Es folgte mein persönliches Highlight.
Nach ein paar Minuten kamen diese wunderbaren Tiere plötzlich aus dem Wasser und machten auf einer kleinen Sandbank, die wie eine Bühne aussah, richtig Action. Die Hippo-Familie schien zu spielen, miteinander zu toben und jede Menge Spaß zu haben. Mit ihnen erfreute ich mich so sehr, dass ich aus dem Grinsen gar nicht mehr raus kam. Ich war so fasziniert von den Bewegungen und den Lauten, dass ich wie in Trance war. Mein Blick wich nicht mehr ab. Ich wollte keine Situation verpassen. Auch im Wasser ging es zur Sache. Ein Flusspferd riss so weit sein Maul auf, sowas hatte ich noch nie gesehen. Ich war völlig beseelt und glücklich. Ein schöner Tag ging großartig zu Ende. Unvergesslich.

Wir möchten betonen, dass alle Begegnungen in den vier Tagen Safari einzigartig und besonders waren. Bisher hatten wir nur davon geträumt. Die Tiervielfalt ist größer und schöner als sie je in unseren

Vorstellungen war. Wir hatten beide ein atemberaubendes Gefühl, als wir die Tiere das erste Mal in unserem Leben sahen. Jede Situation für sich war ein absoluter Gänsehautmoment, gepaart mit purem Freiheitsgefühl. Deine Sinne sind komplett aktiv: du siehst die schöne Tierwelt, du riechst die Natur, du lauschst den Geräuschen im nächsten Busch, du ertastest die Umgebung wie Bäume, Steine oder Sand (natürlich nur in den Bereichen, in denen man aussteigen darf), du schmeckst den Staub auf der Zunge. Wir sind seitdem absolut verliebt in das wilde und vielseitige Südafrika.

Achtung Suchtgefahr!

Was haben wir von der Reise mitgenommen? Abgesehen von tausend traumhaften Erlebnissen.

Wir sind süchtig.

Süchtig nach Safaris. Das hätten wir uns auch im Traum nicht vorstellen können. Mit den ersten Blicken in die Ferne und unserer ersten Begegnung mit den Impalas war es bereits um uns geschehen. Wir hatten sofort dieses besondere Gefühl in uns. Wir wollten mehr.

Auch wenn der erste Safari-Tag wahnsinnig anstrengend war (du bist lange unterwegs, es ist heiß, du legst lange Strecken zurück, das Ganze auf Sand, Schotter und Steinen), spielte es überhaupt keine Rolle. Egal um welche Uhrzeit, egal wie es uns ging, egal wie heiß es war, egal was um uns herum passierte

– wir wurden wach und hatten den Drang wieder loszufahren.
Es ist die Sucht Tiere zu suchen, zu finden und dann zu beobachten. Es ist die Sucht nach ein bisschen Adrenalin, durch den Park zu fahren und nicht zu wissen, was passiert oder was sich hinter dem nächsten Baum befindet. Es ist die Sucht etwas Neues zu lernen. Es ist die Sucht die Natur zu entdecken, die unendlichen Weiten zu sehen und die Freiheit zu spüren. Sie schmeckt verdammt gut. Dabei fühlst du dich wie ein Kind, völlig unbeschwert.

Es klingt verrückt, aber trotz der Anstrengung ist eine Safari total entspannend. So war es zumindest für uns. Wir sind bei all unseren Safaris komplett runtergekommen. Das erste Mal auf unserer Reise waren wir tatsächlich komplett in der Gegenwart – ohne weitere Gedanken. Die Konzentration hatte nur diesen einen Fokus. Es gab die Natur, die Tiere und uns. Eine Erfahrung, die wir niemals mit einer Safari verbunden hätten: Man tut vor allem etwas für sich. Es ist wie Wellness für die Seele.

Ok, erwischt. Manchmal waren wir auch in der Zukunft. Wir sahen uns schon die nächsten Jahre auf Safari in allen möglichen Ländern - und als Ranger alt werden. Was für eine Vorstellung. Das hätte ich vorher niemals über mich, über uns, gesagt. Noch nicht mal im Traum. Wir sind unendlich dankbar für diese Erfahrungen. Sie werden unvergesslich bleiben.

Weltreise meets Business

Wir sind **Jenny Lewe und Pascal Held** aus Köln, seit Januar 2017 auf Weltreise und parallel auf dem Weg in die vollständig ortsunabhängige Selbstständigkeit.
Unsere Zukunft steht im Zeichen von Reisen und Business.
Wir berichten über unsere Reisen um die Welt und geben gleichzeitig unsere Erfahrungen zum Thema Businessaufbau auf Weltreise an dich weiter. Wie haben wir unser eigenes Business aufgebaut? Welche ist die richtige Balance zwischen Reisen und Business? Welche Reise- und Business-Tipps haben wir für dich? All das erfährst du, auf unserem Blog und unseren Social Media Kanälen.

Sei dabei: Reise mit uns um die Welt!
take the chance…
www.journeypleasure.de

KAPITEL 11

Peru: Reisen ist, wenn dich Momente zum Tanzen verführen

Von Andreas Brendt

Der folgende Ausschnitt ist aus meinem Buch *Boarderlines* und beschreibt die Begegnung mit einer Familie. Ein paar ganz normale Tage in einer schäbigen Unterkunft am Ende der Welt. Wir begeben uns nach Peru und in den kleinen Fischerort Chicama, in den sich im Jahr 2000 kein Tourist verirren konnte. Ich war dort, weil der Surfer in mir immer auf der Suche nach Wellen ist. Mein Hotel war wie ausgestorben, bis plötzlich ein paar Besucher auftauchten. Es kam zu einer zauberhaften Begegnung, natürlich, den Auf's und Ab's (Krankheit), wenn man unterwegs ist. Und dann folgt völlig unvorbereitet: Die Liebe.

Viel Spaß...

Andi (links)

„Wer mir einen nachvollziehbaren Grund nennen kann, erwachsen zu werden, bekommt sämtliches Gold der Welt, einen Oscar in allen Kategorien und sei gleichzeitig in die Hölle verbannt."

Andreas Brendt

Eine kleine Großfamilie ist 'bei mir' eingezogen. Eine Oma, mit der ich furchtbar gerne ein paar Worte wechsele, bringt mir manchmal ein Glas Milch vorbei. Ich habe keine Ahnung, wie sie darauf kommt, aber nehme dankend an. So ist sie halt. So süß, so liebenswert.

Ihre Tochter müsste Anfang dreißig sein. Martha ist ihr Name. Ihren Mann und seinen Kumpel oder Bruder oder Cousin oder Onkel oder Schwager sehe ich eigentlich nie. Ganz im Gegenteil zu ihren drei Töchtern. Celia ist vier Jahre alt. Ein zauberhaftes Geschöpf. In der Regel wartet sie vor meinem Zimmer, bis ich die Tür öffne. Dann blickt sie mich mit großen Augen an und möchte wissen, was ich mache und wie mein Zimmer aussieht. Ich zeige es ihr und sage, dass ich surfen gehe. Dann denkt sie nach und fragt schließlich, wie viele Wellen ich nehmen werde. Ich sage etwa zehn, woraufhin sie grübelt und schließlich nickt. Jeden Tag derselbe Ablauf. Sie ist so putzig dabei, dass ich mir zum ersten Mal die Frage stelle, ob ich eines Tages Kinder haben möchte.

Die Mittlere schätze ich auf elf Jahre. Sie ist eine furchtbare Nervensäge und kommt ebenfalls jeden Tag vorbei – weil sie irgendetwas von mir haben will. In der Regel ist sie sauer auf mich. Entweder weil ich ihr meine Sachen nicht schenke oder weil ich ihr viel zu schnelles Gebrabbel nicht verstehen kann. Blöde Göre. Damit ist die Kinderfrage auch wieder geklärt.

Die älteste Tochter heißt Amalia, ist 14, ein bisschen schüchtern und ohne Frage das schönste Mädchen unter der Sonne. Eine Entdeckung! Ich überlege, sie unter Vertrag zu nehmen, um in ein paar Jahren die Welt der Topmodels aufzumischen und über 100 Millionen Dollar zu verdienen.

Abends sitzen wir manchmal zusammen. Sie machen eine Woche Urlaub und erzählen mir alles über Peru. So in aller Ruhe und mit vereinten Kräften kriegen wir eine Menge Verständigung hin. Nächstes Wochenende findet eine Tanzveranstaltung in der Nähe statt. Eine, die ich sehen, die ich erleben muss: Es geht um Salsa. Ich habe von dem Tanz gehört, aber nur eine vage Vorstellung. Auf einmal leuchten ihre Augen, denn an dieser Stelle ist Entwicklungsarbeit nötig. Sie versprechen mir eine Kostprobe mit anschließender Übungsstunde am morgigen Abend.

Es ist soweit. Die alte Frau hat irgendwo einen Rekorder aufgetrieben und bringt den Koloss vor meiner Zimmertür in Stellung. Welchen amerikanischen Gangster aus den 60ern sie dafür überfallen hat, kann ich nicht ergründen. Auch Martha, Amalia und Celia sind dabei. Die nervtötende Elfjährige läuft irgendwo in der Gegend herum. Ich stelle meinen Plastikstuhl im Flur zurecht und nehme Platz.

Die vier stehen vor mir. Oma, Mutter und die beiden Töchter. Drei Generationen, drei Meter entfernt und nebeneinander aufgereiht. Bereit für eine Kostprobe des lateinamerikanischen Mythos, der die pure Leidenschaft in einen Tanz verwandelt. Oder umgekehrt. Die Anlage knistert und spannt den

Bogen. Dann entlässt die Kassette die ersten Töne in den Orbit und die vier walten ihres Amtes. Ihr zaghaftes Wippen mausert sich zu einer schwingenden Fröhlichkeit, die mir die Sprache verschlägt – im ersten Takt.

Dann geht alles furchtbar schnell. Der Rhythmus fließt durch sie hindurch und bringt sie in Bewegung. Nein, in Wallung! Es sieht aus, als wenn sie gar nichts tun müssen. Die Musik schwebt durch ihre Körper. So geschmeidig, wie es niemals ein Vorhaben oder ein Gedanke schaffen kann. So fließend, so frei, so harmonisch glänzend. Auf einmal lacht die Sonne aus ihren Herzen, aus ihren Händen und aus ihren Hüften. Die südamerikanische Melodie spielt mit ihnen und sie lassen es mit sich geschehen.

Die Oma haut mich gleich vom Hocker. Ihr Tanz ist weich und fließend. Einfach rund. Leicht und ohne Aufwand. Ihre Hüften ruckeln würdevoll im Takt und ihre Finger schnipsen dazu. Die Arme bleiben kontrolliert und dicht am Körper, der Rest ist einfach wolkenlos romantisch. Eine ewige Jugend ist erwacht und sie kitzelt sie in jedem Schwung weiter an die gesegnete Oberfläche. Kleine Schritte, vor und zurück und wieder zur Seite. Sie lächelt in blutjunger Erinnerung an vergangene Tage und genießt die Musik und das Leben in seiner Gänze und Vollkommenheit dabei.

Ihre Tochter muss nicht ganz so weit zurück. Es sieht so aus, als wenn sie lange nicht getanzt hat und ihr Repertoire heute endlich wieder sprudeln darf. Sie glänzt durch perfekte Abstimmung aller Körperteile.

Vom kleinen Zeh bis in die Haarspitzen. Sie vollführt eine Choreographie, die einem niemals endenden Lehrbuch entspringt. Und immer, wenn ich mich gerade an eine Welle ihrer Bewegungen gewöhnt, nein in sie verliebt habe, zaubert sie eine neue, kleine Extravaganz hervor. Sie kreuzt die Beine, windet sich in eine unbekannte Drehung, wirft den Kopf nach hinten und fängt den Ausbruch mit ihren Armen auf. Plötzlich führen die Hände, schwingen, kreisen, schweben und der Rest des Körpers folgt. Witz und Kreativität sprudeln aus einer ewigen Quelle. Meisterhaft aufeinander abgestimmt. Geschmeidig. Fesselnd. Atemberaubend.

Neben ihr windet sich die Blüte ihres Lebens. Amalia. Die junge Schönheit wirbelt herum. Wild und aufreizend. Voller Erotik und Appeal. Frech schwingt sie ihre Hüften auf mich zu, um dann wieder einen Schritt zurückzuschalten. Damit zieht sie mich in ihren Bann und raubt mir alle Sinne. Auf einmal ist die Kleine Lichtjahre voraus und voller Leidenschaft. Ihre Schüchternheit ist in den rehbraunen Augen versunken. Sie streift ihre Jungfräulichkeit ab und lässt die Knospen ihres jungen Alters in dem heißen Rhythmus der Musik zu einer verbotenen Reife gedeihen. Ihr Hintern schaukelt auf und ab und der Körper windet sich dazu in nahender Ekstase. Unterschiede zerfließen. Alles bewegt sich zwischen verlegenem Tanz und glühendem Sex. Als sie mir direkt in die Augen sieht, bin ich unanständig vorgeführt und wage keine einzige Sekunde länger ihren anzüglichen, viel zu jungen Bewegungen Folge zu leisten.

Schnell schaue ich zu der Kleinsten rüber. Sie wirbelt durch die Gegend. Erfasst von einer unbekannten Energie, die sie vor Freude explodieren lässt. Fröhlich, ausgelassen, heiter. Sie hottet ab! Fällt fast zur Seite, springt umher und jubelt durch die Gegend. Ungestüm lässt sie den Rhythmen freien Lauf. Was immer geschieht, sie ist dabei und treibt es voran. Ein kleiner Vulkan, der grenzenlose Freiheit über sic ergießt. Sie tanzt ab, als wenn es kein Morgen, kein zweites Lied und keinen nächsten Takt auf diesem Planten gibt.

Alle vier zusammen sind das ganze Leben. Leidenschaft und Musik. Nein, pure Freude. Sie tanzen eine Geschichte, die losgelöst von allen Zwängen ist. Eine Geschichte, welche die ursprüngliche Freiheit, die in jedem steckt, zu Tage fördert und so den Inbegriff von menschlicher Schönheit zurück in unsere verklemmte Welt geleitet. Dabei zu sein, ist die reinste Ehre. Das Stück geht zu Ende. Lautstärke und Temperatur nehmen ein paar Grad ab, aber alles vibriert nach. Die drei Generationen lächeln voller Stolz, denn sie wissen genau, was sie getan haben, was ihnen gelungen ist. Ich drücke mich in meinen Plastikstuhl und stammele: »Increible, increible, increible!« (unlgaublich), vor mich her. »El fin de la semana, vamos a bailar, Andi!«, (Am Wochenende gehen wir tanzen) entscheidet die Großmutter.
»Todos juntos«, (Alle zusammen) ergänzt die Mutter.
»Si, Andi«, jauchzt die Kleine, während ihre Schwester zu mir hinüber lächelt.
Wow! Ich werde zwar Unmengen Bier trinken müssen, um mich auf die Tanzfläche zu wagen, aber

diese Gelegenheit lasse ich mir nicht entgehen.

Die folgenden Tage verbringe ich überwiegend auf dem Klo. Beschissene Scheißtage. Ich hänge den ganzen Tag im Bett und in den Seilen. Oder mit ekelerregendem Dünnpfiff auf dem Pott. Wieder ein Geschenk von diesem unergründlichen Leben, Teil des Abenteuers – am ersten Tag. Ab dem zweiten reine Tortur, wie die erste Zahnspange oder wie ein Familienfest mit Tanten, die tolle Karrieretipps haben und die besten Ratschläge, wie man endlich auch mal eine Freundin findet. Mir ist kotzübel, aber das Schlimmste daran: *Mein legendärer Tanzabend fällt ins Wasser.*
Oder in die Schüssel. Ich bin noch lange nicht offen für die Irrwege der Existenz oder frei von Verlangen, dafür grenzenlos enttäuscht. Die Mädels heitern mich auf, nicht traurig zu sein. Schließlich ist der Salsa immer da. Und für jeden.

Sie reisen ab. Und mit ihnen mein Salsa. An ihrem letzten Abend bricht ein großes Familiendrama aus. Zumindest den Geräuschen nach zu urteilen. Ich vegetiere mit Fieber im Bett und höre Geschrei, Poltern, splitternde Türen und auch Tränen. Am nächsten Morgen sind sie weg. Ohne Verabschiedung. Ich kann nicht glauben, dass ich sie nie wieder sehen werde.

Ich darbe vier endlose Tage im abgedunkelten Zimmer. Knapp 400.000 zähe Sekunden. Alleine mit meinem Tagebuch, aber zu schwach zum Schreiben. 96 Stunden ohne Essen, ohne Konversation, ohne Leben. Alle möglichen Theorien irren durch meinen

Kopf. Muss ich einen Arzt aufsuchen? Gibt es einen? Wo ist er? Und wie komme ich dahin? Was geschieht mit meinem Körper ohne Nahrungsstoffe? Statt meinen Zustand wahrzunehmen, analysiere ich ihn. Klare Gedanken: Fehlanzeige. Nur schummrige Vorstellungen, die sich um das Elend drehen. Meine Bewunderung für Gesundheit steigt ins Unermessliche, meine Furcht, nie wieder auf die Füße zu kommen auch. Das wichtigste bei allem ist und bleibt das Wasser. Einziger Hoffnungsschimmer, Quelle des Lebens und so wichtig wie die Luft zum Atmen. Ich nippe alle paar Minuten an meiner Flasche und stoppe die Zeit bis zum nächsten Schiss. Viel vergeht nicht. Ich bin ausgetrocknet wie Schmirgelpapier, aber mein Körper weigert sich, Flüssigkeit anzunehmen. Die Dehydration führt zu einem dauernden, matten Kopfschmerz und einem stechenden Ziehen in der Lebergegend, was mir Angst einjagt. Jede Minute mehr, jeden Tag schlimmer. Kopfkarussel um Blutwerte, Biofunktionen und alle zum Verrecken mögliche Folgen. Als ich in den Spiegel schaue, glotzt mich ein Zombie an, der so elend krank aussieht, dass ich nur noch schnell zurück ins Bett wanken kann.

Am vierten Tag geschieht das Wunder: Ich kann Wasser halten. Es kommt nichts raus. Das muss gefeiert werden, also trinke ich weiter und versuche abends eine Banane zu essen, die mir Carlos vor die Tür gelegt hat (Er hat Angst vor dem schwarzen Tod in meinem Zimmer – er hat Angst vor mir). Damit geht es aufwärts. Aber langsam und von sehr weit unten.

Wenn meine Kräfte reichen, geistere ich eine kurze Runde durch den Ort. Hauptsächlich um Mitleid zu erhaschen und ein paar mitfühlende Worte zu ernten. Auf der Straße ist es unerträglich hell, aber ich brauche die Bewegung, weil meine Glieder eingerostet sind. Die Leute freuen sich, mein blasses Gesicht mit den unterlaufenen Augen und den eingefallenen Wangen zu sehen und wünschen mir gute Besserung. Manche sind entsetzt, wie ich aussehe. Eine Frau bringt mich zum Hotel zurück, nachdem ich den 100 Meter Radius viel zu kühn verlassen habe. Sie stützt mich, weil ich so schrecklich schwach bin. Der Vorfall hilft meiner mentalen Genesung weiter, aber egal, morgen wage ich mich an eine Scheibe Toastbrot. Ansonsten bete ich zu Gott oder wen immer man hier im Off um Hilfe ruft, dass ich wieder zu Kräften komme, bevor die Wellen zurückkehren.

Ich bin definitiv auf dem Weg der Besserung, zwar abgemagert und dürr wie eine Bohnenstange, aber habe bereits ein paar normale Mahlzeiten zu mir genommen. Bananen, Brot mit Marmelade und Reis ohne alles kann ich verkraften. Da ich bereits seit ein paar Tagen nicht mehr kacken war, sehe ich der Zukunft voller Freude und Glück entgegen. Eine Feststellung, die man sich auf der Zunge zergehen lassen muss. Weil der Swell Mangelware bleibt, packe ich mein Zeug, um einen Abstecher nach Huanchaco zu machen. Die Gerüchte erzählen, dass es dort immer Wellen gibt, weil der Strand eine andere Ausrichtung hat. Vier Stunden später bin ich da. Am Strand lacht mich ein Hotel mit dem Namen Sunset an.

Huanchaco ist der Wiedereintritt in die Zivilisation. Sauberes Zimmer, frische Bettwäsche, eigenes Bad, Toilette mit Spülung auf Knopfdruck und richtig Platz. Vor meiner Zimmertür befindet sich eine Terrasse, die ich mit anderen Räumen der Etage teile: mit Hängematten und Meerblick. Paradiesisch und mit 12 Sol die Nacht zwar über 100% teurer als Chicama, aber die 3,70 EUR inklusive Frühstück, gönne ich mir ein paar Tage. Gepflegtes Dasein in zivilisiertem Ambiente um den Akku wieder aufzuladen. Das ist mehr als nötig.

Ich treffe Lol, einen Engländer, der hier ein Haus gemietet hat, um daraus ein Surfcamp zu machen. Er hat bereits ein paar lustige Leute zusammen und lädt mich ein dazuzustoßen. Als ich meine Sachen packe, zögere ich. Das Zimmermädchen ist eine junge Schönheit, wie sie die Welt noch nicht gesehen hat. Ihre Augen so dunkel wie das Licht der Nacht, ihre Haut seidig, ihr Lächeln umwerfend. Sie kommt von einem anderen Stern. Zurückhaltend und bildhübsch. Bezaubernd! Ich fasse all meinen Mut zusammen und predige ein fernöstliches Tagesdogma vor mich hin:
Do one thing every day, that scares you!
Jetzt oder nie. Nur das Atmen nicht vergessen! Ich sage Hallo, bringe drei Sätze Small Talk heraus und frage sie ganz furchtbar beiläufig, ob sie nicht Lust hat, heute Abend mit mir eine Flasche Bier am Strand zu trinken. Alles in meinem besten Sonntagsspanisch, hoffe ich.

Ungläubig höre ich, wie sie zusagt. Dabei lachen ihre Augen direkt in mein Herz. Sie ist so hinreißend, dass ich nicht ein passendes Wort für mein Tagebuch finde. Sie heißt Gisella, ist 20 Jahre alt und wir werden uns noch heute wiedersehen.

Ich ziehe zu Lol ins Haus und werde den anderen vorgestellt. Stone und Danny aus Australien, Derren und Sam aus Oregon, Sammy aus Kanada und Sinti aus der Normandie. Sarah aus England kümmert sich um die Einkäufe. Wir spielen Karten, diskutieren den Swellforecast, schmieden Abendpläne für die kommenden Tage und installieren eine Playstation.

Sinti hat Spaghetti Bolognese gekocht. Wir hocken um den großen Wohnzimmertisch, essen gemeinsam und erzählen eine Geschichte nach der anderen. Alle schwelgen in ihrem Fundus. Die Storys sind voller Leben. Alle, die unterwegs sind, sitzen in einem Boot, in ein und demselben Ozean. Reisende Menschen sind verbunden, lieben die Begegnung, verstehen sich, und der Austausch ist das wunderbare Geben und Nehmen von Geschichten und, wenn man genauer hinhört, den Gefühlen, die dahinter liegen.

Am frühen Nachmittag muss ich mich losreißen. Ich opfere die frohe Runde, denn ich habe Wichtiges zu tun. Hausaufgaben für mein Treffen mit der zauberhaften Gisella. Die anderen wünschen mir Glück. Ich krame das Buch hervor, was mir nun endgültig das Leben retten muss. Ich wiederhole alle Vokabeln, die ich bereits kenne und lege mir neue Sätze zurecht. Alter, Hobbys, Beruf, Wohnort und so sind schnell erledigt. Damit müsste eine wundervolle Stunde zu schaffen sein. Es folgt die zweite Phase, in der ich auf Romantik setze. Du hast wunderschöne Augen. Der Mond, die Schiffe am Horizont sowie

Sternbilder am Firmament. Ist dir kalt? Bist du verspannt? Möchtest du eine Nacken- oder Kopfmassage und zu guter letzt die Frage aller Fragen: Darf ich dich küssen...

Schon aus der Ferne sieht sie bezaubernd aus! Sie schlendert auf mich zu. Verlegen, niedlich, wunderschön. Sie läuft so hinreißend daher, dass die Welt aus ihren Angeln fällt.
Ich begrüße sie und falle ihr um den Hals.
In Gedanken. Stattdessen biete ich ihr den Stein neben mir zum Sitzen an. Ich öffne die große Flasche Bier. Sicherheitshalber habe ich noch fünf weitere gekauft. Wir trinken zusammen daraus, während die untergehende Sonne unsere Zweisamkeit in frohe Farben taucht. Wir genießen das warme Licht auf unserer Haut und quatschen wie zwei Grundschüler, die auf einer Mauer sitzen und sich von ihren Sommerferien erzählen. Ihre Familie wohnt in Trujillo, der großen Stadt etwa 20 Kilometer entfernt. Sie lebt alleine hier, weil sie so den Job im Sunset machen kann. Sie liebt das Meer und den Strand. Ich erzähle von den Wellen und was mich in Peru begeistert.

Wir vergleichen das Leben in unseren Heimatländern, die so unterschiedlich sind, aber voller Gemeinsamkeiten stecken. Familie, Arbeit und die Suche nach dem Glück, die Sonne, Liebe, die Sterne und der Horizont existieren eben auf der ganzen Welt. Wenn sie lacht, fährt mir das Glück ins Mark und ich lache mit. Wenn sie ruhiger wird, breitet sich auch in mir eine Stille aus. Erzählt sie etwas, nimmt sie mich gefangen. Alles ist so echt, so aufrichtig und so liebevoll.

Dann hüllt uns die Dämmerung in ihren Zauber ein und die Sterne gehen auf. Wir rühren uns nicht vom Fleck, aber ich rücke vorsichtig immer näher an sie heran. Unsere Schultern berühren sich bereits, und ich werde nie wieder von ihr weichen. Dann legt sie ihren Kopf auf meine Schulter. Eine nicht ungefährliche Weile setzt meine Atmung aus. Die nächsten Worte spreche ich so vorsichtig, wie ich kann, um diese wundervolle Lage nicht aus dem Gleichgewicht zu bringen. Ich lehne meinen Kopf an ihr Haupt und wir verschmelzen zu einer romantischen Statue.

Wenn ich einen vorbereiteten Satz sage, komme ich mir schuldig vor. Aber Gisella sorgt mit ihrer natürlichen Art dafür, dass nichts Falsches dabei sein kann. Natürlich sage ich jeden Satz, den ich auf dem Zettel in meiner Hosentasche notiert habe. Bei den kitschigen Sachen muss ich manchmal plötzlich über mich selber lachen. Das schönste dabei ist: Gisella lacht einfach mit.

Nach ein paar Stunden vertreten wir uns die Beine. Wir wandern den Strand entlang bis es einsam um uns wird. Es knistert wie im Traum und die Anziehung zwischen uns wird unerträglich. Wir bleiben stehen, sehen uns an und ich trete auf sie zu. Zeitlos. Ich nehme sie in die Arme. Alles zerfließt. Ich versinke in ihren Augen und tauche in die Unendlichkeit des Universums ein, dann endlich küss...
...in diesem Moment springt der Manager aus dem

Sunset hinter einem Gebüsch hervor, macht ein Riesentheater, von dem ich kein Wort verstehe, packt Gisellas Hand und zerrt sie davon.
Das Universum zerplatzt mit einem lauten Knall.
Dahinter versteinertes *Nichts*. Angewurzelt stehe ich in der Gegend rum, blicke dem sich auflösenden Traum der Liebe hinterher, der verschwindet, während sie fortgezogen wird. Sie wendet ihren Kopf und schaut über ihre zarte Schulter noch mal zurück. Hilflos, verzweifelt und von der Ungerechtigkeit persönlich entführt. In ihren Augen sammeln sich Tränen, aber das empörte Gezeter an ihrer Hand ist zu rabiat, um sie zu weinen. Ich bleibe allein zurück. Bewegung undenkbar. Herausgerissen aus einer Liebesgeschichte, die ich nicht zu träumen gewagt hätte. Auf den harten Boden der Realität geschleudert, ertrinke ich in einer entsetzlichen Leere, die mir mehr und mehr die Kehle zuschnürt. Kein Laut wagt sich über meine Lippen. Lippen, denen der süßeste Kuss vor der Nase weggeschnappt wurde. Lippen, die traurig durch die Gegend gucken und Lippen, an denen ein vollkommen versteinerter Typ hängt. Die Sterne blicken auf mich herab, aber sagen nichts. Nach einer kurzen, endlosen Weile in der verständnislosen Leere dieser Nacht setzt etwas meinen linken Fuß voran. Ich mache einen Schritt. Dann einen zweiten und gehe zurück nach Hause.

Andreas Brendt ist in den vergangenen zwei Jahrzehnten über zehn Jahre durch die Welt gereist und hat zwei fesselnde Bücher darüber geschrieben. Er liebt die Natur, aber es sind die Begegnungen, die ihn berühren und die alle etwas in ihm zurücklassen. So lebt jeder Mensch, den er in über 50 Ländern getroffen hat, in ihm weiter. Darunter waren Gangster, Geschäftsleute (mit dem Vorschlag Edelsteine zu schmuggeln), Familien, Kinder, alte Weise, einfache Gesellen und Verrückte.

www.boarderlines-buch.de

KAPITEL 12

Abenteuer, die ich mich nur auf Reisen traue

Von Carla Vollert

"Ich kann nicht verhindern, dass ich älter werde, aber ich kann verhindern, dass ich mich dabei langweile!"

Ildikó von Kürthy

Kennst du das, sobald du im Flugzeug sitzt und in ein anderes Land aufbrichst, bist du ein anderer Mensch? Du lässt all deine Gewohnheiten zu Hause und bist plötzlich offen für Neues und positiv gestimmt auf alles, was da kommen mag?

Ich bin auf Reisen zu 100% mutiger, woran das liegt weiß ich allerdings nicht. Wahrscheinlich ist es die überall bekannte Komfortzone. Ich habe es mir so gesehen mit einer Kuscheldecke zuhause in meinem schnuckeligen Zimmer in Köln richtig gemütlich gemacht und muss nun zweimal überlegen etwas Neues zu probieren und meinen alltäglichen Trott zu verlassen.

Nach einem sehr anstrengenden Jahr in einer Eventagentur war es für mich ganz klar, dass ich nochmal die Welt bereisen möchte. Auf meiner ereignisreichen Weltreise 2011-2012 habe ich natürlich auch nicht alle Länder entdecken können und so stand bei mir eine Reise nach Mittelamerika ganz oben auf der Wunschliste.

Gestartet bin ich im Januar 2015 mit einer Freundin in Mexiko. Wir haben dort die unglaublich weißen Sandstrände mit dem türkisen Meer besucht, die Kultur kennengelernt und viel von den atemberaubenden Mayastätten gesehen.
Für mich ging es dann alleine weiter nach Kuba und, obwohl ich kein spanisch spreche, bin ich dort gut zurechtgekommen und hatte eine unglaubliche Taucherfahrung. Dort unter dem Wasser ist es wunderschön, aber das ist eine andere Geschichte.
Auf der karibischen Insel habe ich spontan

entschieden, wohin es als nächstes für mich gehen sollte. Da ich schon viel Gutes von Costa Rica gehört hatte, fiel mir die Wahl in dieses vielfältige und grüne Land zu reisen sehr leicht.

Nach wochenlangem Aufenthalt in der Natur kam ich also wieder in einer Großstadt an. Genauer gesagt in der Hauptstadt Costa Ricas, in San Jose.
Von 'Pura Vida', der puren Lebensfreude, spürte ich hier noch nicht so viel, daher reiste ich schnell weiter. Im Vorfeld hatte ich mir einen Überblick verschafft und entschieden, was ich in Costa Rica auf keinen Fall verpassen wollte.
Punkt Nr. 1 – die Canopy Tour im Herzen Costa Ricas!

Gesagt - getan

Ich fahre mit dem Bus nach Monteverde in einen atemberaubenden Regenwald – dem Cloud Forest Reserve – denn hier wartet eines meiner größten Abenteuer auf mich. In diesem Gebiet gibt es eine 1590 m lange Zipline, auch bekannt als Flying Fox oder Canopy Tour.

Ich kann dir nicht genau sagen, warum mich diese Herausforderungen auf Reisen magisch anziehen. Die ganze Atmosphäre um mich herum ist eine andere. Jeder Backpacker ist in Stimmung etwas Verrücktes fernab des Alltags zu unternehmen und ich werde direkt mit in den Bann gezogen.

Angekommen merke ich schnell, hier ist es wirklich regnerisch und ein leichter Nebel überdeckt den Ort.

Kurze Zeit später sehe ich den schönsten Regenbogen überhaupt, eigentlich sind es sogar zwei Regenbögen direkt übereinander, von denen ich jeweils den Anfang und das Ende sehen kann. Sowas habe ich noch nie erlebt!

Auf zum Flying Fox

Am frühen Morgen geht es dann los auf Entdeckungstour. Mit einer Gruppe von ca. 15 Personen treffen wir uns am Eingang und werden über alles informiert. Mir geht es oft so, dass ich die Guides zwar höre, aber nicht zwingend verstehe und immer nur lächle und nicke, das macht wahrscheinlich die innere Aufregung. Meine Höhenangst sagt mir kurz „Hallo“ und fragt mich, ob ich mir sicher bin, dass ich diesen Ausflug machen möchte.

Wir bekommen einen Helm, Handschuhe und einen Sicherheitsgürtel um und schon geht es ab in den Regenwald.

Ich habe hier schon ein riesen Lächeln auf den Lippen und gehe voller Vorfreude in den Tag. Dieser Wald hat etwas Magisches und Geheimnisvolles, was natürlich durch den Nebel noch verstärkt wird.
Die erste Strecke ist ein geringer Abstand zwischen zwei Bäumen, die Probefahrt sozusagen. Ich werde eingeklickt und mit dem Sicherheitshaken befestigt, kann mich dann in das Seil sinken lassen, bis ich gemütlich sitze und dann geht es los.

Leider habe ich nicht ganz verstanden, wie das mit

dem Bremsen funktioniert und so schieße ich mit rascher Geschwindigkeit dem Baum entgegen. Anscheinend bin ich nicht die Erste, die es nicht auf Anhieb schafft, denn dieser erste Baum ist mit einem großen Kissen umwickelt und federt mich sehr gut ab.
Der Guide erklärt mir nochmals, dass ich mit der hinteren Hand bremsen und etwas fester auf das Seil drücken solle.
Die nächsten Versuche sind gleich viel besser und ich komme ohne Verletzungen gut voran.

Die ganze Strecke ist wunderschön. Zwischendurch laufe ich über Hängebrücken, überwinde mit jedem Schritt meine Höhenangst und habe ein unglaubliches Kribbeln im Bauch. Diese Freiheit, alles zu tun, alles schaffen zu können, zieht mich magisch an.

Die Ziplines werden länger und länger und ich kann sie immer mehr genießen. Die Angst ist wie weggeblasen und ich vertraue auf mich sowie auf das Equipment.
Im Sitzen rase ich durch den Regenwald und schaue mich in Ruhe um.
Zwischendurch wandern wir ein bisschen, um zum nächsten Startpunkt zu kommen. Die Guides an jedem einzelnen Punkt sind super freundlich und freuen sich mit mir. Ich fühle mich ein bisschen wie Tarzan und achte auch immer mehr auf die Geräusche, die ich im Wald vernehmen kann.

Zwischendurch stelle ich mir vor, wie meine Freundinnen im Büro auf der Arbeit sitzen und ich diese Erfahrung machen darf. Ich könnte platzen vor

Glück.
Die Gruppe versteht sich super und so kommen wir ins Gespräch über die jeweiligen Reisepläne, feuern uns gegenseitig an, machen Fotos von diesem genialen Tag und helfen uns, wenn jemanden der Mut dann doch mal verlässt.

Das Highlight - die 1590m lange Zipline

Der Schwierigkeitsgrad der Ziplines steigt und nach einem kleinen Aufstieg kommen wir bei dem absoluten Highlight an.

Die längste Zipline in ganz Lateinamerika! Endlich stehe ich davor und kann nur noch staunen.
In meinen Kopf schießt sofort ein Gedanke:
Das soll ich machen? Ist das euer Ernst?
Die Flüge im Sitzen konnte ich mittlerweile genießen. Das hier ist aber eine ganz andere Nummer.
Ich schaue, wie es den anderen geht und alle stehen mit großen Augen vor der nächsten Etappe.

Die Ersten aus der Gruppe werden am Rücken festgemacht, legen sich leicht nach vorne und lassen sich dann in das Seil fallen. Nun hängen sie mit dem Bauch nach unten, alle viere von sich gestreckt und nur am Rücken (mit Gurt natürlich) befestigt an der Zipline.

Der Guide gibt ihnen etwas Schwung und mit einem lauten Schrei verschwinden sie in den Clouds. Noch minutenlang lauschen wir dem Sirren der Zipline und hören, dass ihre Fahrt noch nicht vorbei ist.
Es können immer zwei gleichzeitig fliegen. Ich schaue

mich um und sehe, dass ich als nächstes an der Reihe bin. Mein Herz fängt an zu rasen, meine Hände an zu schwitzen und ich weiß gar nicht, wie mir geschieht.
Wie auf Autopilot begebe ich mich nach vorne und lasse mich sichern. Das nach vorne lehnen, das bei den anderen so easy aussieht, gelingt mir nicht beim ersten Mal. Meine Nervosität steigt rasant an, aber meine Vorfreude siegt.

So hänge ich da und warte bis mein Nachbar ebenfalls startklar ist. Meine Kamera habe ich um den Hals gebunden und drücke auf Start, in voller Erwartung was ich hier gleich erleben darf.

Die Zipline führt viele hundert Meter über den Regenwald. Heute ist wirklich ein sehr nebliger Tag und so kann ich die Baumkronen nur erahnen.
Mit einem Mal schubst mich mein Guide an und schon rase ich los. Ich schreie vor Freude, kann das alles nicht glauben und darf nicht an die Höhe denken. WAS FÜR EIN GEFÜHL!
Das ist Freiheit! Es ist viel besser als in meinen Kindheitsträumen, in denen ich von einem Klettergerüst springe und mit Schwimmbewegungen durch den Himmel fliege. Jetzt fliege ich wirklich! Ich schwebe über den Rainforest!

Die Zipline hat ein angenehmes Tempo und so kann ich jede Minute genießen. Die Geräusche der Metallteile, die aufeinander reiben, nehme ich nur im Hintergrund wahr.
Wie gerne würde ich laut schreien „Ich bin der König der Welt!“
In Ruhe filme ich zu jeder Seite, traue mich, mich hin

und her zu drehen und genieße jeden Blick.
Tatsächlich kann ich nicht ganz so viel sehen, freue mich darüber allerdings sehr, denn ich weiß nicht wie es ausgegangen wäre, wenn ich wirklich den Wald in der Tiefe gesehen hätte.
Wahrscheinlich hätte ich einen Herzstillstand bekommen, haha!

Ich bin auf jeden Fall mega happy, dass ich diese Challenge angenommen habe. Trotz all der Angst im Vorfeld, habe ich mich getraut auf diese Canopy Tour mitzufahren.

Das war längst nicht alles

Warum auch immer habe ich eine Sache bei der Tour nicht mitbekommen. Für mich war das bereits das Highlight - diese lange Strecke durch den Dschungel zu fliegen. Doch etwas noch Verrückteres wartet am Ende des Ausflugs auf uns.

Zwar dürfen wir auch hier freiwillig entscheiden ob wir mitmachen oder nicht, aber wie käme ich dazu hier abzulehnen.

Nachdem wir alle Slides und Stationen beendet haben, gibt es noch einen Tarzan Swing.
Dieser ist 43m hoch und über eine wackelige Hängebrücke zu erreichen.

Mit Bungee Jumping kenne ich mich bereits ein wenig aus, weil ich in Neuseeland in Queenstown von der Kawarau Bridge gesprungen bin. Jedes Mal, wenn ich

davor die Chance hatte, habe ich dankend abgelehnt und mitgeteilt, dass ich in Neuseeland springen möchte, auf der Brücke, wo einer der ersten Sprünge überhaupt stattfand.
Tja, damals hatte ich jedenfalls nicht damit gerechnet, dass ich tatsächlich einmal nach Neuseeland reisen würde.

Zurück nach Costa Rica... hier stehe ich nun mit einer Truppe, die bereit für den nächsten Kick ist... bis auf einer. Ich hatte mich über den Tag mit ihm angefreundet und zusammen haben wir viele Strecken geschafft. Doch dieser Sprung ist zu viel für ihn, er zieht sich zurück und ist der Einzige, der diese Herausforderung nicht antreten möchte.

Während ich warte, bis ich an der Reihe bin, höre ich die Sprünge und Schreie meiner Vorgänger und mein Mut wackelt so vor sich hin.

Einmal eine Entscheidung getroffen kann mich dann aber doch niemand aufhalten und so gehe ich mit zitternden Beinen einen Schritt nach dem anderen.
Die Brücke zieht sich immer länger, bis ich am Ende abermals auf sehr freundliche Mitarbeiter stoße.
Auch hier muss ich sagen, hat mich der Nebel gerettet. Sonst hätten mich keine zehn Pferde über diese Hängebrücke zum Startpunkt gebracht.

Anders als beim Bungee Jump werde ich nicht kopfüber springen, sondern in der Sitzposition bleiben und aufgefangen. Diese wichtige Information hilft mir enorm. Denn ich kann es ganz schlecht haben, wenn mein Kopf tiefer als mein Körper hängt.

Da gehört er schließlich nicht hin.

Ich werde mit einer dicken Schnalle am Bauch gesichert. Das Seil zieht sich nach vorne und ich kann weiter zum Ausganspunkt vorgehen.
Nun stelle ich mich ganz vorne an das Tor und kann mich entspannt dagegen lehnen. Na ja, so entspannt wie man eben sein kann, kurz bevor man in die Tiefe gerissen wird.
Mir wird geraten, mich an dem Seil gut festzuhalten.
Plötzlich merke ich den Zug des Seils, das Tor springt auf und ich faaaaalle und faaaalle! Ironischerweise dachte ich zu Beginn, dass ich mich ja gut festhalten könne, aber dieses Gefühl, als ich realisiere, dass das Seil sich ebenfalls dem Boden nähert ist unbeschreiblich.
Ich schreie so laut - vor Angst, vor Glück, vor Erleichterung!

Was für ein Moment! Was passiert hier heute mit mir?

Wie gesagt kann ich nicht viel sehen, der weiße Nebel ist zu dicht. Aber durch das Hin- und Herschwingen bemerke ich sehr wohl, wenn die Bäume näherkommen und ich wieder zur anderen Seite schwinge.

Nach einigen Sekunden (gefühlte Minuten) berühre ich mit meinen zittrigen Füßen den Boden. Ich werde von dem nächsten Guide aufgefangen und kann nur noch sagen:

„Thanks for saving my life!“

Danach habe ich das Gefühl, ich könne Bäume

ausreißen. Ich möchte die Welt umarmen.
Was ist nicht alles möglich, wenn wir uns nur trauen, nur Schritt für Schritt aus unserer Komfortzone gehen und Neues entdecken! Du schönes Leben, danke, dass du da bist!

Den restlichen Tag verbringe ich alleine im Regenwald, mir war danach einfach für mich zu sein und meine kleinen Erfolge zu feiern! Ich entdecke viele verschiedene Pflanzenarten und freue mich über jedes Tier, welches meinen Weg kreuzt.

Was haben wir für ein Glück zu reisen, wohin wir wollen, wann wir wollen und wie lange wir wollen! Jede Reise gibt mir neues Selbstvertrauen und ich komme gestärkt und motiviert zurück in mein behütetes Zuhause.
Ich wünsche dir, dass auch du ab und an deine Komfortzone verlässt, über dich hinauswächst und was Neues wagst!

Die Videos und Fotos zu diesem Erlebnis habe ich dir unter **www.backpack-stories.de/canopy** zur Verfügung gestellt. Besonders der Tarzan Swing ist das Anschauen wert!

Carla Vollert ist leidenschaftliche Event Managerin. 2016 hat sie ihr Herzensprojekt die Backpack Stories ins Leben gerufen. Das sind deutschlandweite Reise-Events die unter dem Motto **„Mit Rucksack los – mit Geschichten zurück!“** von Reisenden für Reisende stattfinden. Jeder, der eine spannende Geschichte erlebt hat, bekommt die Chance diese auf der Bühne mit anderen Travellern zu teilen!

Carla hat online wie offline eine Reisecommunity geschaffen, die täglich wächst. Für Reisegeschichten für unterwegs ist durch ihren *Backpack Stories Podcast* ebenfalls gesorgt.

DANKE

Als Allererstes möchte ich natürlich meinen Co-Autoren meinen herzlichsten Dank aussprechen. Dieses Buch wäre ohne euch nie so vielfältig und toll geworden!
Danke Anuschka, Caro, Mogli, Marlene, Sonja, Rene, Yvonne, Daniel, Michi, Jenny, Pascal und Andi, dass ihr eure Backpack Story mit uns geteilt habt!

Ebenfalls möchte ich mich bei allen helfenden Händen zu diesem Buch bedanken. Vor allem, dass ihr alle so super spontan seid und gleich mit Rat & Tat zur Seite standet.
Dies gilt im besonderen Silke, Kat und Dominic.

Ein weiterer Dank gilt auch meiner lieben Freundin Yvonne, dafür dass sie immer mit Herz & Seele bei meinen Projekten dabei ist und mich überall unterstützt!

Und natürlich ein großes DANKESCHÖN an dich,
dass du dir unser Backpack Stories Buch gekauft hast! Hier steckt von uns allen sehr viel Herzblut drin, daher freuen wir uns sehr, wenn dir dieses Buch gefallen hat!
Schreibe uns doch gerne eine positive Bewertung auf Amazon! Das hilft uns mit unserem Buch besser gefunden zu werden und überzeugt die nächsten, sich dieses Buch zu kaufen.

Gerne kannst du mir deine Gedanken zu dem Buch auch direkt per E-Mail schreiben: carla@backpack-stories.de

Schön, dass du dich für die Abenteuergeschichten interessierst und das Reisen so sehr liebst wie wir!

WEITERE LINKS ZU DEN BACKPACK STORIES

Geschichten für unterwegs auf die Ohren findest du beim **Backpack Stories Podcast**!
Natürlich gibt es den Podcast auch bei iTunes oder der Podcastapp deiner Wahl!
www.backpack-stories.de/podcast

Deutschlandweit veranstalte ich **Backpack Stories Events** und Meetups, wo Reisende mit Fotos & Videos ihre Geschichten live teilen:
www.backpack-stories.de/events

Folge mir doch auch auf meinen Social Media Kanälen auf Facebook & Instagram, um nichts mehr zu verpassen.

Facebook: www.facebook.com/BackpackStoriesEvent
Instagram: www.instagram.com/backpackstories.event

Und für deine Fragen und den Austausch mit anderen Globetrottern habe ich die **Backpack Stories Community** gegründet. Komm doch auch dazu:
www.facebook.com/groups/backpack.stories.community

32257588R00108

Printed in Poland
by Amazon Fulfillment
Poland Sp. z o.o., Wrocław